限時動態裡的大象

林妏霜 —————— 著

目次

【溫柔的存貨】

【語言的齋戒】

此曾在

李時雍

曾經我們以為的「媒介物」，是存儲、延伸感覺與記憶，一個個技術的載體，一幀影像，一部電影，纏繞的磁帶，資訊容量滿載的手機，限時動態。然而在妏霜以小說家的凝視裡，「媒」卻成為連結予「靈」而內涵的另一義，魂魅，介面。藏存於物的，總呈現為時間存有的落差與延異，許多時候指向疏遠脆危的人際，有時則使我們聆聽過去如魂魅回返的聲音，細聲說：這將發生，這已發生。如巴特所思，不是揭示「已不存在者」，而是「此曾在者」：碑文，活著的身體，謎樣大象？這部小說深入媒介與時代感覺的描摹，描摹的文字，本身亦即召喚降靈。也許那便是妏霜從愁傷的眼淚，存貨，以至以「語言的齋戒」為名，隱隱暗示施行的一場書寫的此曾在儀式。

復活你自己

葉佳怡

讀這些小說，我想到送葬的歌聲。

西非的吟遊詩人葛里歐在歷史上是個神聖的職業，他們伴隨在君王之側傳遞歷史，而地方的葛里歐也總為村民唱出生活大小故事。妏霜則是為自我一次次送葬的葛里歐，如果他人的敘事是宣判她在某一時空中死去的訃聞，她就是用敘事讓自己再死一次。再死一次是對生的執著，是對虛擬及真實邊界的藝術性重組，是用語言的威力去迎上語言的暴力。

葛里歐什麼都不忘記，葛里歐在每次的葬禮上高歌。這些歌聲有文字，當然也有無以名之的曖昧，以及她進退有據的文學之心。

不發音，但在那裡／幽靈字母列傳

蕭詒徽

我首先想到的是演員功課中的角色自傳：在戲劇發生前，角色從哪一點來到這一點，並且因為從那一點到這一點的連線、形成一道被我們稱為「性格」或「欲望」的向量。許多故事作者嘗試撰寫的，是不同向量被描繪出來之後，「再之後」發生的事：也許互相抵銷，也許是幾何運算後與這個世界之間的新夾角。相比之下，妏霜在這些作品中似乎更專注於描寫那些點、辨識那些點究竟是什麼。而如果真要秤量，在她筆下起點又比終點重要。

比起故事本身，這些作品更像是故事的史前史。我隨後想到的是英文裡的 silent letters，不發音的字母，它們是構成單字的必要成分，卻在特定條件下於聲音中隱形。妏霜亟欲描述這些字母為什麼沉默。期待衝突或曲折的讀者會在這些作品中撲空，但那些字母需要被寫下——否則那個單字便是錯的。

莊嚴而沉重的決定

吳曉樂

我一直以為我可以躲在一個默默「喜歡」林妏霜的位置不被發現。責編陳健瑜來找我時，我一度起疑，是不是有誰偷聽到我的默默？好吧，說是默默，並不是完全沒有發出聲音，我的確曾經跟兩位朋友說過，我非常喜歡林妏霜，這裡的喜歡帶著一點絕望的臣服，讀完她的前作《配音》、《滿島光未眠》之後，我曾經陷入很清醒的感傷：再繼續讀她的文字，我可能會失去寫作的信心。林妏霜不僅僅是描述世界，她也描述「描述」本身，兩者她都為我們展現出非常準確（不難想像背後歷經多少黑暗的練習）的技藝，以及，故事肆溢的當代，日益稀薄、罕有的「本真」。我簡直像是得到一把鑰匙，被允許進入一個房間，滿室的角色如同人性標本，有輕輕的搔刮，也有重擊的鑿痕。過去這一年，我對甲骨文萌發興趣，因而得知「我」這個字，造字的本意是一種鋒利、帶齒的戰器，直到更精良的戰器汰除了「我」，「我」才隨著時光流轉，以今日「我」們熟知的第一人稱代詞出現。我並不訝異「我」這個字，最初現身時，這般殺氣騰騰。若我們誠實地面對生活，或許有過那麼幾次痛苦的心領神會，有些事，之所以輸，或被怪罪、被遷怒、被審判，來自「別人的『我』大於我的『我』」。林妏霜的述說，何嘗不是為我們搭建了一個小宇宙，借著形形色色的角色，「你」不妨跟「我」換命，一起歌哭與祝禱；或者什麼也不做，純然看著角色吃痛，內心隨之攣縮。就像滿島光今年出席金馬影展，電影大師課說了一段話，「路上有很多擦身而過的人，可能想哭無法大聲哭、想說話無法大聲說、懷抱痛苦無法展現，我希望用全身來感受他們的喜怒哀樂、代替他們發聲」。

我在她的作品裡，往往是不能自抑地思索起巨量的文學問題（伊塔羅．卡爾維諾《給下一輪太平盛世的備忘錄》亦賦予我近似的情境），我幾乎是別無他法地意識到，自己的確是「在進行一個書寫的動作」。也近乎獨自走入山林，你永遠不乏撞見綠與另一抹綠，但有些綠總是更刻骨銘心。以這本《限時動態裡的大象》來說，我的刻骨銘心無非〈枕上的一段夢〉，「影白知道自己，最先渴望的，總是一種較為公平的傾訴，較為公平的傾聽，而非一開始便為那些傷口，因親疏遠近的人情關係，排了階序；對一個人小心謹慎，帶有其意志的敘說，評判了價值的高低。彷彿執行著某些對他人證詞的肯認。而那些現實的語言，也會因此這樣，被壓碎成夢境的語言。四處零散。把身體裡面的某些東西、某些感受，從此交換走了」。

過去這幾年，有時在創作裡「逢劫」，我就會翻出林妏霜的作品，然後，變得更加決定。要形容的話，我會說，她的書寫有一股「全面解構」的魔力，我不禁懷疑我說過的話，遣過的詞，可以嗎？不可以嗎？這裡的懷疑自然攜帶著幾分傷楚跟抵禦機制，像《生命中不可承受之輕》貝多芬四重奏的疑問，Muss es sein，非如此不可嗎？然而，又隱約有股確信，答案應該躺在貝多芬於最後一個樂章的標註，Der Schwer gefasste Entschluss，莊嚴而沉重的決定。讀《限時動態裡的大象》，我看到，人的有限性與書寫的無限性之間，可觀的推進。計入附錄共二十一篇，我在這二十一篇裡，老了非常多歲，澈底感受時間流經我，並且將一部分的

「我」留在了原地；另外一部分的我，竟仍有所抵達，有所憑依，並在不可見的未來，說服我合成一個信念：有朝一日，現實所凋零的，依舊能在自我的創作裡悄悄地贖還，甚至回春起來。

考慮到林妏霜之於我心裡的特別，在此，我想要以個人前所未有的形式，意即，我放棄過往寫「序」常見的，默契的，因而讓讀者有些懶倦的形式。

我將獻出一個故事。

前些日子，一位讀者提出奇怪的要求「我希望妳在扉頁寫一句，妳母親給妳的建議中，妳覺得最好的」。我一時有點魘怔，忍不住抬眼多看對方一眼，基於過往所累積的一點經驗（或刻板印象），猜想對方的「親情」說不定遭遇了一點麻煩。讓我更加愕意的是，我的右手受到催眠似地，很快地寫下——如果你不能負責，那就別過問。我腦中並不是以「最好的」的格式來儲存這項建議，實際上，更趨近於「最讓我綁手綁腳」的建議。母親認識一個人，基本上，止於對方願意（或不得不）露出的表面，她不對人「多做聯想」。比方說，若社區新搬來一位帶著小孩的女子，有些人可能會在一段時日後，大抵是小小的電梯車廂裡，拋出「先生在別的地方上班嗎」諸如此類的刺探。總之，無非是想要在「女子是／不是單親媽媽」的模糊認知裡，得到一分確信。母親絕不做這種事，她無法為這樣的命運負責。她無法改變女子的婚姻狀態，她沉默。所以她也不在乎，朋友的小孩在哪裡讀書，幾歲了身邊有沒有伴侶之類的。按照母親執行的標準，尋常的人情大致都能篩析成「與我，沒有關係」。八卦沒有容身之處。母親說，沒有所謂「問一問而已」，妳沒看到，多少人際災難就是從「而已」演變的。我一度被母親這樣的規訓弄得很煩，像是限速二十的標示，心思稍稍馳騁，警鈴就響個沒完。三十歲以後，我突然接受了這樣的謹小慎微。我在一次又一次的人際夾纏的事故之間（亦是這本書的「核心」），恍惚明白了，多數時候，「問一問」儼然是光天化日的殘忍。發問本身就是一種階級的確認，終究，一個認為世界對他特別刻薄的人，是不會想去探問別人的命運的，那樣的知情，只會擴大自己的不幸。上述的一切，我以為與林妏霜所云的「複述一次人性底線」有點近。

讀《限時動態裡的大象》，孤身走進一間電影院，銀幕上播映什麼主題，老實說，先別急著分類，因為我們坐在這，想做的、該做的，無非是看見一些人的生活，但又不只是看見。假若我有幸在她的作品裡，有那麼一小塊說話的空間。最末，我想說的是，希臘神話裡，半人半羊的西勒納斯（Silenus）酒後誤闖邁達斯國王（King Midas）的玫瑰園，邁達斯國王好生款待了西勒納斯，並將西勒納斯帶回其輔導、教育的酒神狄奧尼索斯身邊。大喜的酒神實現了邁達斯國王的願望：凡他碰觸之處皆成黃金。邁達斯國王很快地就後悔了，他手上的食物美酒（有一說是他的女兒）都因他的撫摸而成了黃金，失去了本來為世人所識、所接受、進而使用的面貌。後來，在酒神的指示下，邁達斯國王前往帕克托勒斯河，洗去了這項能力。我既醉心於林妏霜創作裡絕美的，亮澄澄的延展質地，但也不禁想問，如果有那樣一位好心的神祇，你是否會允許祂消除妳這「把恐懼或恨意昇華成別的東西」的能力呢？

【時代的眼淚】

我停止。其實是不得不停止。

命運的意思是，是處境選擇你而不是其他。

停止之前一定一直以某種方向運動著。無論是怎樣的亂，總是以某種碰得頭破血流、旋轉或蝴蝶飛行的方向運動著。這樣我理解希望。希望又時常與年輕有關。

「由此進入了沉默。」她說。我便想像這個沉默空間的進口。

不同的人生命來到了不得不停止的一點，運動的繼續運動，以其盲目、無所以、不斷重複就以為堅持的方式繼續運動，無視那些離開的人：方向那麼吵鬧，他們無法再聽到靜默的聲音。

——黃碧雲，〈沉默咒詛〉，《沉默。暗啞。微小》

一個人卡拉ＯＫ

青賀還以為自己已經忘了某些曾經驚天動地的大事件，那以力量的匯聚，讓某個重大時刻終於得以誕生的情感，又是如何運轉人心。包括他的心。那些情感，彷彿可以震盪到千里之外，但後來他就是不再記得了。

或許因為日子漸漸過得有些安逸而舒適，痛楚也變得可以輕描淡寫，只剩下一種較為純真的擔憂，有餘裕的虛無。

他所意識到的僅是：有些事情幾乎已經變成無法講述的事情了。總結來說，遂變得像從大數據裡提取平均值的詮釋般，平平淡淡。既不是他最深的記憶，也並非他最痛的感受。

直到多年後，重新在某地發生，一件已經化為群體記憶的事件，從又重新調整為他的私人記憶。青賀突然記起當時某刻的心意，曾經如何積極地，將所有顯現在他眼前的形象，統統化為某種自己需要的徵象。而每一種徵象，又是如何提醒著自己：好好活下來吧。

緣於青賀在他追蹤的臉書專頁上，看到青春時期播映過的一部電影，藉由不斷爭取，不斷地累積閱聽的期待聲量，終於成為一種正向的連結，而得以在別的國家重新放映的消息。離他初次獨自一人在電影院觀看之時，足足過了二十年。

電影所欲釋放的意義，留下了最聲勢浩大的那一個，其意義也從來沒有因為時間過去，而脫離了影像自身。他知道在不同地方播映，或許也會讓這些地方，成為另一個接受某種生命啟示的場所。就像他曾在那瞬間獲得的一樣。

雖然許多事情，他不是在虛構裡學會的，而是因為它突然貼近了現實，才會創造出這作品的「同時」，或「時差之後」：開頭的渾不知覺，其後的恍然大悟。

那部電影，讓青賀首先在腦海裡召喚起的是，那些虛構的人物姓名：張士豪、孟克柔、林月珍，也一併召喚起了女孩與男孩們穿著制服的許多畫面。他還記得，與演員差不多年紀的自己，在電影散場後，站在劇照前，看著劇照的中心焦點，那個想要隱藏的祕密是，小便時尿液會分岔的懵懂男孩，騎著腳踏車，風吹過藍色夏威夷衫，輪子壓在斑馬線上，半轉身回頭凝視後方，那眼神大概已經背負了他人的生命祕密。

青賀當時並沒有完全理解，只想專注：「先長大。長大吧。很快就會沒事了。以後就會沒事了。算了，都會長大，長大再說。」就像那些成年人總是以「只要是人，長大後就會曉得」的話術，敷衍那些自己其實也無法解釋的痛苦。

往後青賀也常常問自己：「這些事會是真的嗎？能夠成真嗎？」他始終不確定。自然也沒有發現，在天空的那一片位置，還有一雙欲泣的、充滿憂悒的，女孩帶著故事的眼睛。

那一雙眼睛，明明留在那裡，宛若與背景融合的，模糊的輪廓，在那條路的盡頭，一起暈染著整段故事。也或許年輕時的他曾經看見過，不知為何卻沒有進入到他的記憶裡。

明明存在在那裡，占了非常巨大的位置，那或許就像年輕時的自己，目光常常只集中在一個人身上。

而這是否就是一種過去與現在之間，關乎著什麼，所產生的視差呢？已經從那部電影離開，往前走過了二十年的他，現在應該進行什麼情節呢？

青賀的確曾經是這樣的人：當別人以為他信口胡謅的時候，他其實一直在默默做著準備，為了守住那些隨著時間不會再被記得的，自己給過別人的承諾。

他好像有點這樣：因為得到過的愛太有限了，無論是誰都僅能給他極其有限的愛。但別人不會因為他總是以自己的方式，堅守著承諾，而轉身愛他。完全沒有愛的共鳴，也是可能的。

當青賀沒有被任何可能的情感關係接近之後，被愛的貧窮狠甩了巴掌。他已經變成一個隨處可見、被社會定義下來的中年人了。

他一邊不停犯下同一種錯誤，一邊尋求容受之地，讓這些經驗打開了他的孔竅。他只是盡量與那些不能容受自己的地方取得平衡。原來他以為世界是無限寬闊的，然而，最後會留在那裡的，總之就會在那裡；然而，最後能掌握的，不過就是那些觸手可及的，自己的內在。

青賀更小的時候，常常有事無事就待在一起的朋友，總互相開玩笑：他們「這類人」之所以看起來聰明又具藝術感，不過是因為他們過早思索了自己為何看起來不大「一樣」；因而也過早理解，往後必須與周身、與這個社會、這個體制、這個世界，那些彷彿皇恩浩蕩的主流意見與自我認同，不斷地爭鬥。

青賀猜想：就如同那藍色大門裡的女主角，對自己的性向與感情，或許就是因為太明確了，所以對於不能結果的，時間只能前進一步的未來，在那裡存在的某種蒙昧，反而感到懵懵吧。

她曾在夜半睡在翻過身的母親旁邊，向這個有哀悼親愛之人的逝亡經驗，如今已恢復表面平靜、毫無波瀾的母親，尋求如何跟著時間，就這樣走過來了的錦囊。因為知道未來的自己即將，且會不斷的回溯記憶，思念這些失去的人。

所以，長大後的青賀發現，當自己的某些小心願被完成之後，有一天開始，自己就轉變成這個以為可以給出生命經驗的母親角色，從與某個人的失敗關係裡，滿血復原，豁免於走不出傷痛的個人災難。

長大後的他，以及那些朋友們，作為容器，肚量更寬，容積更大，能乘載的已經比想像中更多。他不知道這要進到哲學或是心理學的向度去？會否是因為，這是一次又一次願望實現的代理滿足？

其實青賀也想知道，自己為什麼在某些地方轉折了？為什麼從今以後，自己看世界的視角變得不一樣了？

後來，總有看起來像是走向一種公平的事，但那往往都是從危機裡生長出來。那是已遭受了的，以及無法眼看他人遭受如此對待的人們，共同努力爭取來的不同運動。

那些傾訴與運動，實現了一種可以坦率的討論現象，也就讓人同時明白哪些東西，最終是可自外於己的東西。而自己可供出讓以及妥協的，又會是什麼東西？

年輕時候的許多電影，都在重新修復上映，卻都沒有這部電影的消息，讓青賀來得這樣觸動。

倘若饒口令般加以敘述，令他重新想起自己所忘記的是：這個世界對不一樣的每個人，竟有所次第排列。那些後知後覺的信息，曾經帶給他不安，以及從意識到的那天起，一直保持著的不滿與憤怒。但在承接與控訴的徒勞之間，他明明清楚世界如此不公平。有時隨機，有時可以循著軌跡，置放預想的哀傷。

他疲累到想要忘記。

也忘記了沒有被誰批評，卻哭得唏哩嘩啦的那時候。

忘記了因為以前沒有，而害怕以後也將會沒有；害怕所有人生體會，都拉成同樣水平線的那個，從前的自己。

沒有殺死你的，並不會使你的身心變得更加壯實；沒有殺死你的，只是正在重新瞄準你，只是還在進行著裁定與測量。

青賀覺得沒錯，以他的立場來看就是這樣。他對於偶然與巧合造成的後續動作，已不再心動甚至心痛。現在的他，不知道該以什麼樣的條件，將這些幾乎使他致命的記憶，繼續延續下去。

以前青賀會著迷於那種漸漸喜歡上什麼的感覺，並且享受著那樣誰也不說的過程。畢竟他是一個善於解密，也善於保守祕密的人。如今則變得太過通曉，過於明白那些情感及其所創造出來的可能關係，與此同時，也創造出了相反的模式：無論什麼都遲遲說不出口了。

當青賀變成大人之後，有天便跟著察覺，他已經失去沿著原路折返，那折返的勇氣了。光是一隻腳的輕微移動，甚且還不是轉身，就花去了自己大部分的力氣。無論是折返於過去的回憶、曾經親愛的人們，或是從前的那個自己。

所以，青賀隱隱察覺，這些年，他自己變成了這樣一個人。只有他自已知道原來是走到了這麼荒涼的地方。他一個人走進那麼荒涼的地方。

關於自己這一輩子曾經產生的感情與欲求，無論那是什麼樣的型態，就像青賀曾經以為，所有祕密都將無處可躲藏，但最終這些卻完全無法透過文字或任何語言轉譯過來，多是無以名狀。其實以他如此愛好清潔的癖性，最終一切不是在沉默裡脹滿，使自己萬分難受；就是在沉默裡爆發，在沉默裡傾滅。

要與他人斷絕聯繫，也有其必要承受的重量。不期不待，不受傷害。倘若充分意識到那些不幸之後，不再將其變成人生痛苦的口頭材料，就將那些轉變成讓內裡保持固定溫度的薪材。

後來，青賀選擇了屬於自己的方式，逃往一個更舒適的地方。就像電影院不再是他的洞穴了。他不在那裡，與其他人一起產生大時代下的共同敘事了。

雖然對於那些即將生成的，新的敘事、新的故事，依然羨慕。但是，這並不是因為他自己在現實裡，沒有得到過愛意充盈的反射，卻藉由虛構之物，產生了恨意滿滿的折射，的緣故。

他很明白自己的愛情，不是所有人都必須接受與同意才能成立的事情。他對於曾經的在場，仍然感到幸運。他只是將時間更多地，花費在這個紛亂而難以確認的現實裡，不斷地確認自己對於生命與生活的意欲。

而當對現實生活的認識與衝突，逐漸轉成心理層面的議題。隨著時間過去，無論重新記憶，或對人說起，那樣的張力，亦不再如從前一般，那麼具有畫面感、戲劇性了。

那些情感與悲傷，真切地來自於他，所以青賀還沒有辦法不故事化地說出來，但又已經不想再繼續故事化了。於是，那些能夠表達出來的東西，就成了如此夾層裡的產物。

但他真的只想極其普通的說話，不想再說故事了。

就只是隨著心之所向。青賀最近找到了一個新的洞口，重新進入了一個新的洞穴裡去。

當他想要感覺一種實在的會晤與相逢時，便將自己「偶然至上」的信念暫時留置在最高、最遠的地方。然後，他會走進火車站前方，那只能容納一個人，以透明大窗圍繞，一眼望穿的，那座電話亭大小的投幣式卡拉OK。

將亭子內可供遮蔽的簾子拉好拉滿。關好門來。坐上椅子。投下錢幣。不用顧慮來來往往的行人，不用當唱不了幾首歌，只是去KTV吃頓飯，做為分攤金錢與活絡氣氛的分母。他想要的話隨時可以離場。拿著一個人的麥克風，這樣唱著自己喜歡的歌曲，遂有了一種能夠好好掌握這種幸運感的心情。

儘管那樣的幸運感，時常是微妙而渺小，且稍縱即逝的。宛若他那破碎而寂寞的一顆心。

活成活頁紙

絳紫如今只能這麼覺得：所謂人的「善良」，不過是特定行為的排列組合。

她年輕的時候，就是還待在學校裡接受最基礎、普通的教育，在國民教育與高等教育之間，等著的那會。直到畢業，因為還沒有足夠的力量逃掉，只好安安靜靜地待在群體生活裡受點苦。後來都會發現，每個班級在互相熟識一段時間之後，就會打造出某種特定的班級氣氛。

約在高一的時候，絳紫那一班，每隔幾個月就用抽紙籤的方式換一次座位，大概是以為可以讓更多人彼此認識，而活絡起某種升學高中前段班的壓抑氣氛。

如同每個老師可以利用各異的風格，就為了讓整班澈底的死靜沉默，而一下子聚攏的被拒感，那受了挫的尷尬心情，立馬被安撫，於是，需要從中尋找出某個人，指名出來，讓某個人站起來說話，回答自己所提出的問題。

有的老師會利用班上同學製作，或學長姊傳承下來的，用簽字筆寫上號碼，總之不知從何收集來的冰棍，當要點出誰來的時候，就從筆筒裡，抽籤一樣地抽取一支；有的老師則會隨意翻開手上的教科書讀取頁數；抑或以今天的年月日期為工具，處理成一種看似隨機的儀式。他們總是會在這些時候，假裝自己完全的公平，又在某些時候，洩漏自己的不公平。

畢竟站著坐著的，都是人，自然會有在平常人範圍裡，一般都有的平常人性。

有些煩惱與失敗就是必須要立即揮發，秩序要立即回到坐著的他們身上，否則在這樣只有少數幾種版本的聆聽與回應，能夠運作的時間裡，往後就會失卻重量，變得飄忽，進而轉變成為一種學校語言的失禮。

某種不像樣，及其所產生的各種空白，在那樣的時間裡，亦是不怎麼容易被允許的。

選出幾位核心人物，大抵也是依照一種固定而刻板的特質。稱為風紀股長的同學，通常擅長在某些時刻嚴肅地對待別人，要負責管好秩序，以求一班整齊良好的形象。畢竟那還是個空堂自習時，會有主任或負責人巡堂，在教室外，隔窗觀看、立足檢視，並為此打分數的年代。而教室裡的這些學生群體，也會意識到與被提醒如此打量著自己的陌生人眼光。

然而，絳紫更記得的是，中學時期，有一位擔任風紀的男同學，因此發展出自己的權威與勢力。他在午休時間，讓那些因不同原因犯規，被登記在黑板上的號碼，集體在教室裡罰站，直到午休結束。一旦被登記上去，即使當事者不覺得有犯錯，也不允許任何修正，更不允許任何抗議。

但是，那些並不是共同制定的班規，甚且越來越過分地，他越過了班上同學的同意，從自己家裡帶來了一支長鐵尺，代替原來的塑膠尺，要那些被罰站的人伸出手來，用長長的鐵尺打他們的手心。

那大概是當時的他，對世間萬物的丈量。用一種具現化過後的工具。

多年過去，絳紫依然記得，那位風紀股長體育傑出，身強體壯，發育比同齡生更快，手勁原來就較大，當他刻意用更多力氣懲罰別人時，有些人哭了出來，直到放學，手心都有兩條鐵尺的紅印子。

對於這些自己賦予自己過度權力的遺毒，或者世界運行的法則之類的，絳紫當時自然沒能弄明白。

直到有次，大概是上課時跟鄰座講了話，絳紫也成為下課後被登記在黑板上的號碼之一。午休時間在一群趴在桌上假裝睡覺，與睡到打鼾的同學之間，她站起來，站了好一會。

那位風紀男同學從最靠近前門的前頭座位開始，一一抽打過來。她因為身高，總坐在中後排位置。當他來到她身旁，要絳紫伸出雙手來時，她不肯就範，「為什麼你可以打我？」他答不出來。他沒立場，她知道。她也沒有，但她不夠強壯。她不肯伸手，他也沒辦法將她緊貼著身體的手拉出來。中學生對他人身體的直接接觸，還是過於敏感的。兩人就在那裡誰也不看誰地僵持著，直到下午課程開始的鐘聲響起。

絳紫不記得是她自己因為如此經歷，事關於己，才察覺想要反抗，決心跑去向老師報告；抑或是其他人看不過眼，勇敢起來，對老師講述這些過程。總之，藉由老師在講台上的公開宣告，這樣的處罰被明確地禁止了。而一學期後，沒人在任何班級委員的職位上重新選擇那位男同學。

若說她在學校裡，學習了一點事情，那大概就是「我們」都對某些「形成」都有份，都參了一腳。

脫軌與常軌的距離，如此之小。有些生而為人的擾動，她覺得好像沒問題；有些過度侵害，她絕對不可以。每個人都在衡量風險。絳紫至今，還在試圖理解這些喜愛與討厭的成分與比例；以及那些環境裡，與她的心有關的種種先後順序。

當她需要跟一群人，在某段時間，一直一直綁在一起，先是在那種依著外在美貌與成績分數而位階分明的校園；然後是，在那種上班打卡制、下班責任制的職場，絳紫卻只能觀察到人的形象與模樣，是如何漸漸劣質化的過程。

總是有理由，想起這些事。那天，絳紫為了更新郵局的金融卡片，回老家找一顆舊印章。她記得放在房間的書桌抽屜裡。

那矗立已過四十年的老房子，除卻結構格局外，聽說是年輕的祖母與裝潢師傅一一商議，不容插嘴的設計。絳紫選擇寄居的房間裡，桌子是ㄇ型固定式的，有五個抽屜，上方嵌了一大面的半身鏡子。她的每個抽屜裡，都放了陳年舊物，包括紙張獎狀、畢業證書，護貝照片，一些以為不見又重新買的釘書針、迴紋針之類的小文具。塞得過滿，幾個抽屜拉不大開。有一兩個抽屜裡放了一些盒子，盒子裡面又放了什麼東西，她已經忘記。

有一年，她隨意翻動上方覆蓋的綠格稿紙，底下跑出了書蠹或衣魚那種身體半透明的蟲，又快速消失在哪裡，她就再也不隨便打開。那些抽屜裡保留的，幾乎已是不再使用的，或隨時更新毫不心疼的小東西。不方便收在身上，不常用卻還是會用到的，就放在第一格抽屜裡。

所以，那天她找印章，重新發現了第一格抽屜裡，有一本個人相簿，幾個不知年歲的乾燥花香包，幾條手機或什麼的電源充電線，還有幾本手掌大小的固頁筆記本，以及一袋還沒拆封過的活頁紙。絳紫已經很久沒買過固頁筆記本，大概到了大學階段只買活頁紙。上下加個塑膠彈性圈圈，兩張配好洞數的硬殼紙，就成了封面與封底。她覺得這樣的筆記形式，著實更自由。

這命名為「活頁」的意義，就是想在那硬殼紙中間，放幾張紙就放幾張，想要更換就更換，即使撕掉其中一張，也不會破壞整個筆記本的結構；不會讓一張紙頁離開固定縫線後，整個結構遂開始變得鬆散，而其他紙頁會不由得地接著脫落，只能再以零碎的方式，突兀地將它們重新獨自夾進整個筆記本裡。

然而，更後來，不再需要到學校上課，甚或不再有學生身分的她，連活頁紙都不再用了，很少拿起筆來，手寫記下什麼。不是乾脆記在腦海裡，就是打字記在手機裡。

有一陣子她也以為，自己可以活得像是活頁紙。

因為對於別人的認識，只有最低限度的興趣，絳紫也接受別人對她同樣的不感興趣。在這個你來我往，追求交換的價值系統裡，交換有所共鳴的人，一切的緣由導向，其實都很好理解。就像往後，她可以這樣租賃一份剛好用來社會交流的性格般，帶著差不多的交談額度，保持著差不多的身體電量，拿捏分寸，與別人的距離，不增也不減，表情不多也不少，卻會在冗長的話題之間，當那份自我介紹的台詞，過於侵略她的結界，適才拼湊上而完成的性格，也會在一份剛好的時間點，離開了語言、感官、身體、靈魂、意識……無論那是什麼組合與構成，如出戲般重複地出走，然後又回魂，就像一種不對稱的嵌合，遂有了一種視覺上的、表面上的罣礙。

這些重複的日常情節，沒有引人入勝的戲劇感，卻時常讓絳紫在充滿人的階梯上踉蹌。她只得抓取平衡的姿勢，彷彿踩在巨大的圓球上，左搖右擺地，看起來滑稽且毫不優美地離場。

她隨意翻翻抽屜裡的固頁筆記本，大抵都只塗寫了前面幾頁，其他頁數都保留著原樣的空白，沒再動筆。整本就像廢棄品一樣，被遺忘在深處。這些本子，就只是成為某種已經用過了的東西，一時想不到其他用處，就原樣又放了回去。

絳紫翻開其中一本黑色的，手心大的小本子，裡面以混亂的字跡，在這頁那頁，中間角落，忽大忽小寫著「很累」、「好煩」、「想死」、「身心俱疲」，一些重複的詞彙。對於這些在每段時期、每個時間點，都曾出現過的強烈心情，她沒有什麼意外的感觸，既不驚動，也不眷戀這些想法。已經不像青春期時，有次大概也是為了找把家中鑰匙，遂打開父親的書桌抽屜，看見那放置著的小本子，不覺得有什麼，就照樣翻開，發現裡面粗糙寫下幾個黑字：「我不原諒某個人」時，那種帶有窺視意味的罪咎感；或許同時夾雜著那種「也不過如此」，降低了一個人過於崇高的位置，有那樣一絲同類的愉悅感。

或許那時，絳紫覺得自己的日子過得很悲傷，又不知道為什麼需要那麼悲傷，彷彿在追求一份不具真實感的東西。

那些使她皮鬆肉弛心也累的一切，就是所謂的時間吧。

找到自己收在小盒子裡的印章之後，絳紫就這樣，繼續翻動抽屜裡的回憶。裡面有一張尺寸約Ａ４大、護貝好，集體穿著黑色學士袍的大學畢業照。這使她想起了一位高二重新分班之後，才成為同學的女孩。

仍有嚴格髮禁的那時，髮長只能在耳下、肩上，也總有人能在一致的髮長規定裡，想出更好的髮型變化。但那女孩的頭髮真如掛麵，中分地披在兩側。臉的輪廓看不大清楚，用頭髮蓋住，只剩下中間的五官。單眼皮，肉肉的臉頰，個子非常小。

兩人並不相熟，絳紫想起她，一方面是因為女孩在那升學高中前段班，多是倒數一、二名，每次學期成績發布後，看起來總是一臉淡然，總之，不像其他人焦慮於名次的一點升降，並不表現什麼過度的情緒。

那女孩常在上課時，用一個紅色鯊魚夾，夾住她的短髮，不是捉取後方的散髮，而是位置偏上。從女孩座位後方看過去，就像長出了一簇巨大的雞冠花。

在畢業前夕，每當有什麼額外活動時，她們那所學校就會刻意空出一小段時間，用來拍攝那些預備放入紀念冊的團體合照。絳紫知道了女孩的想法後，不禁特別留意。

那女孩總是站在側邊，在攝影者按下快門的那一刻，快速地躲到其他人身後。若有時因個子嬌小，被攝影者要求站在最前方，她可以突然側身，或用手勢技術地遮掩自己，低頭垂髮，遮住面孔。

或許那女孩知道，這些團體合照，絕不可能因一個人拍得不好而表決重拍。每個人也只會專注地看著自己，而不是任何一個突然隱身的其他人。況且，這樣強迫每個人都得購入的，所謂畢業紀念冊，其後看來，就是一些僵硬的彩色大頭照，僵硬的紀念文句；以及預付了金錢，直到印刷成冊後，拿到手上才得以察覺到的，或許其中有幾位，所謂的班級畢業委員，在被規定的頁數裡，所挑選、放進與親近同學的，那種兩三人小團體的私心美照，數量更多；與此同時這代表，同樣提供了照片，因版面位置有限，因此被忽視或捨下的，也會多。那總是展現了一種最後的權力。

經過學校日子與不同歲月，那些大同小異的硬殼紀念冊內，所保留下來的、無可挽回的歷史。那也並不是每個人都欣喜的個人歷史。

絳紫留意起女孩的照相方式，緣於有天，在下課後的教室，無意聽見了那女孩跟另一個與她最要好的同學聊天，那女孩坦然的說：「以後不會是這個長相了。」所以不想留下此時此刻的任何證據。這樣確定的渴望與個人意志，女孩沒要隱瞞。因此，絳紫回想起這位同齡少女，驚訝於這長期的布置與實踐力，以及女孩對未來的預想：她不願意自己的現在，被自己的未來對照。

而這使得那女孩真的成了一個毫不清晰的身影，即使相機也無法隨意捕捉。女孩獨特的留影，彷彿逃出了那樣固定的框框，只留下一點點輪廓。絳紫甚至怎麼也無法想起女孩名字裡的任何一個字。

大學放榜之後，有過一次同學會。那是高中畢業後的初次聚會。絳紫只被召集人邀請過一次，就只去過一次，不會知道，這之後的每一次，聚集了多少人，或終究還是演變成親近的小團體聚會？又在哪樣的時間，因著哪樣的關係，就此完全結束。

絳紫唯一去過的一次，那女孩沒有出席。遠遠的對桌似乎有過寥寥幾句：有的同學考上的學校不理想，或許打算重考。但她沒聽見那些同學談論的是誰。沒有人主動過來探問她，絳紫也沒有跟什麼人說上什麼話。彷彿待在那裡的人們，沒有一個人好奇，曾經短暫隸屬於這團體的某一個人，現在去了哪裡？即將要去哪裡？沒有人知道那女孩發生了什麼。終究她也不再能知道。

絳紫只記得，當時是這樣。她們比較不存在。事實就是如此。並且，在某些人的印象裡，就這樣固定了下來。而她自己或許也是一樣。

規格無用的愁傷

每當有什麼東西突然在她手上壞掉時，井黃就會想：那麼，再給它一夜的時間吧。

就像這支智慧型手機，已經陪伴她約五年之久。記憶容量已經滿載，光是存進的照片大約就有五千多張。每次手機跳出，請她刪除許久不用的APP，以讓使用的程序更加流暢的通知時，她就一直提醒自己，該趁著空閒，將尚未拷貝的檔案，重新拷貝進電腦裡。已經有了預感。應該說，最近開始出現了一些新的跡象徵兆，她有留意，並沒有完美的忽略掉。

只是井黃未曾對每日的生活計畫，排定什麼必須執行的優先順序，集中在某件事的時候，的確非常集中，但對大部分的事情，其實時常過於疏懶，抑或總帶有一種僥倖的心態。

只是日日前行循環的軌道，若無法真的緩慢下來，她總更加願意將心思不斷移後一格，最好延遲抵達，所以延遲目送。

她的感覺原來是這樣：「失去就是，突然碰到了本來碰不到的裂痕。」

所以，這樣突如其來的壞損，一瞬間熄滅的東西，無論是處在信仰西方星象命盤的水逆期；抑或這幾年，整個世界實實在在正在發生的疫病期，基於跟世界觀的糾纏，基於與宇宙觀的構築，井黃覺得似乎都可以在其中，找到一種自我說服的方式，來加以歸因或歸咎。

然而現在，什麼都必須確定得很早，包括死亡這件事本身，以及死亡的真正原因。那是因為疫情始終延續，看不見盡頭的關係。整個人類世界，在這樣的歷史生活裡，像是失去了一個比較好的傷勢時刻。

井黃從電視新聞裡看到，一個原來在街邊走路，帶著正常步伐，身材些許圓潤的男子，不久後行走的速度加快了起來，然後身體開始輕微的左右搖晃，直到雙腳步伐繞了一大段弧線般，突然就橫向倒在人行街道旁。一動也不動。因在所謂的疫情「熱區」，男子猝逝。報導者透過一種雖平穩卻帶急促的語調，對這則新聞的觀看者描述：前去處理相關事宜的警察，如何的謹慎、緊張，雖然還不能確定男子突然死亡的真正原因，但從後續報導得知，證實男子已經確診了新冠肺炎。

她觀看著電視新聞台，每到整點時間，相同內容的重複播放，從路邊監視器截下的這一段畫面，隔著螢幕畫面，看著男子最後的身影，他的動態，他的後背，無力的腿腳，完成了他從此離開這個世界之前的幾十秒鐘。

井黃並沒擁有過許多面對死者的學問，但她的感覺變成是這樣：當前此刻，死亡的臨近，以及他者與我們之間的關係，已經徹底被改變了。這個疫病時代，無法如之前相同，有一個比較普通的處理方式，一個比較普通的心態，面對任何物事的死亡。

儘管他們都是這歷史生活的一部分，然而他們並非全知。一個人所帶有的病徵狀態，也無法再用一種抒情的方式談論：那時記憶如何，當時光影如何？總之全都化為對由來所去之路徑的疫調。抗體陽性與陰性的二分。如此雷同。

原來是自然會發生與經歷的，變成了某種公約數的失去；變成如此「大寫」的，不再是那樣關於「小寫」的失去了。

連過往那一種較為浮誇或機械的問答，新聞式的僵直殘忍，綜藝式的共情表演，都在每日確診數突然暴增，進入社區感染的這段日子，向內收斂了許多。

死亡比較像是一段段的人生過場，本來也就是一段段自然會發生，每個人都會發生的過場。所有的愁傷都太過悽惶與碩大，而到了無可挽回的地步；那些預知的人類經驗，便一瞬間失去效用，也失去了較細微的，一份一份，一點一點知道更多真實的可能。

因此，她突然間記起，評論家曾在某處這樣描述：「敘事，在本質上可以說是一種訃聞。」

井黃的這支手機使用了五年，她上網調查過一般常識，知道那大概屬於壽終正寢的範圍。現在則是到了已經會自動關機，帶來困擾的地步。

重開機之後，黑畫面帶一段白字體，試圖警告使用者必須重新設定，還原為「原廠設定」，原來的程序才可能繼續動作。她雖然是個電器小白，也知道重設為原廠設定，就是用來清除手機裡面所有資料的一個功能。意味著只剩下這種方法，沒有其他選擇，不然就是原地凝固在這樣的姿態裡。

她知道自己的記憶保存，過度依賴科技，更接近一種義務的履行，將其收容在一個近在咫尺的地方。她以為那就是這個物品被創造而存在，並且不斷改良的原因之一。

但她還來不及為一些資料備份。包括她飼養了十多年，這一年突然失聰，花白了臉面，正式進入老年期的狗狗照片與日常影片；前兩年，人生初次出國去京都遊玩的照片；幾張尚不難看，得以在需要時寄給正式單位的多年前自拍照；代替便條紙，用手機裡附載的，稱作記事本或備忘錄的程式，隨手記錄的五十則左右的靈感關鍵字，都還沒重新抄寫到原來會一併使用的紙本筆記裡。

那些沒有錯過的人間風景，彷彿有一個具體的重量、有一個型態、一種質量、一份輪廓，即使已經無法在意識的表面，立刻形成更清晰的模樣，但若不將其從記憶裡重新喚醒，就會有一段長長沉沉的睡眠在那裡。

一個人不會，也不可能與過去完全無關。井黃不是穿越時空，來到這個世界的旅人。她當然記得，自己的一部分，自然也是從過去那邊來的。明明所有事物都只是朝向，而非已經徹底完成，事到如今，卻都成了越快越好的事。

更年輕的時候，她曾舉杯與人敬過那個不想妥協的自己，那個自己去了哪裡？所有的一切，是不是最終都會成為一種當下綠洲？

井黃唯一不大確定的就是：究竟自己算不算一個「長情」之人？因為長情之人似乎更容易受到各種傷害。但她覺得自己還好。很普通。怎麼說，她算是擅長離別，從不哭哭啼啼。還是說，她其實更大限度地，仰賴了一種比較奇怪的性情質地，藉此包裹住其他的混亂與傷害，而在其後變得比較若無其事？

她就像個三十出頭的一般年輕人，以為對外界看得很明白，卻對自己搞得不是很明白。於是，她想說，那麼就把這支確定已經壞損死掉了的手機，拿來當作日常生活若失去了，到底「可不可以」、「活不活得下去」的實驗物；同時也用來衡量自己作為一個現代人的尺度。

壞掉的東西。人的尺度。對自己實驗，究竟這些幾乎每天拿在手裡的物品，所附加的多種功能，對自己的情感與生活，是否更接近一種冗餘之物？

其實平時井黃根本沒有誰可以撥打電話，沒有什麼公務需求，又對電話有所恐懼，更適合以電子郵件或訊息溝通交流。會打過來的，幾乎都是些無聲的測試，不大正規的貸款行銷，更多是網路購物後的釣魚詐騙。沒有存在手機電話簿裡的號碼，她從來不打算直接接通，總是在對方放棄之後，依靠上網查詢「是誰來電」的通報網頁，確認是否可以信賴，再決定回撥與否。

只是過了兩周，就發現不行。井黃宣告實驗失敗。因為她記起，先前下載了便利商店的APP，買了當時特價出售的拿鐵咖啡十杯，存在那系統裡，下個月就會到期，然而沒有手機是無法刷取條碼換取的。

況且，最近因疫情關係，政府體制有了新的對應措施，每個人想要進入商家，就必須掃描條碼，透過一種簡訊實聯制的程序，發送自己的相關活動史給疾管署。井黃也想減少紙本登記可能產生的個資隱憂，以及那種共用文具，種種帶上了許多不安全感的疑慮。

思來想去，她只能用電腦上網，在網路商城買了正在特價的一款手機。到貨的那天，她依照說明一步一步開機設定，卻發現五年前購買的4G手機，原先得以穩穩放置的 SIM 卡，顯得過大，已塞不進新進製造之機體卡槽裡。沒有 SIM 卡，意味著所有需要通過電話號碼做驗證的程式，最終還是不可使用。

所有的東西，都飽含著自己獨有的敘事邏輯。這是一種互相作用的現實。繞了一圈，最終還是無法解套。

為了這一張在如此過去的時間裡，由大變小的 SIM 卡，井黃發現她必須重新查詢因三級警戒，決策大減班的公車時刻表，調配好啟程與回程，用最短時間快速來去，親自前往電信門市做更換。

井黃之所以不知道這種「內部」的東西，其精密的變化，或許可以自我解釋為：這幾年她都不需要跟這個新世界重新碰撞，被一種緩慢下降的平靜撐托起。倘若有什麼流動的感知，因此也抵達不了自己。她不知道這算不算得上是，因為對物品的長情與寶惜，相反作用地成為一種知識上的缺漏，而受到意料之外的損傷？

形式賦予的條件。格式賦予的生存。彷彿對現實輸誠。往前五秒已是過去的歷史，往後五秒將是未來的歷史。只要安靜站著，就一樣會被歷史流走。時間是如此刻印在身上。井黃其實只想在身體與靈魂皆仍可用的範圍，如此順其自然的活下去。

有天醒來卻發現，這不斷改變的時代，沒有同時換下內部零件，便無能重新行動，附帶的功能失去了原來的作用。而她自己也成了這樣一個，與不斷改變的時代一起，必須同時不斷更換，以求能重新行動的零件；她成了與如今的世間規格，不能相容的某類人。

井黃自然地明白了：關於人類、物事的有限性；關於她自身，每一次的耗損，都從極為細小的事情開始。可內裡的一切還是時常通往了消亡與毀滅。終於只擁有一種無什路用的憂愁。

然而，她依然覺得，當所有人都選擇同一種傷痛的模式，將碰撞出的表面與深層的傷口、大大小小的不堪，都模造成同一種規格，或許這才是最讓她感到害怕的事。

懂得寬褲的一點時間

卡其對某些東西採行的方式有點硬、有點直，分得很開，無關對錯，擱置好壞，只是他的心情如此，騙不了自己。那是一種結論出來之後，適合他去理解的方式。

舉一個例子來說，就像他從來不在自己正式的書寫文稿裡使用驚嘆號。他覺得那些文字所承接的上一句、附載的下一句，以及那字字句句連接起來的一整個段落，有時表述的不過平素發生之事、無什波瀾之心意。至少自己總是對應不上那樣的高漲情緒。

那種驚嘆，宛如一種青春的情調，一種出人意表，或者一種接近險峻的過時記憶，離他已經很遙遠了。

更何況是與問號同伴的驚嘆號，即使在最高明的演員臉上，這樣的共存心情也需要技巧。當這些標點符號不斷地在文字作品的句尾裡冒現，他的想法就會跟著突發地止步，暫時定格在那裡。他不是對創作者的感知觸角與情感調節，感到些許憂心；或許就是對在那裡企圖滋生的一切、張揚的色彩，絲毫無法有同感，無法有所需索的自己，想要重新評析。

如此作用，彷彿一切都在「何以如此」的疑惑裡進行著。這些看似沒什麼的小事，卻成了他始終無法突破的，一種莫名停頓。

對他而言，那並不是一種最高的使用標準、美德訊號；不是一種對規則或對韻律的服膺；不是基本的真實之辯。就像日常生活對他來說，彷彿是將筆痕翻過去，另一面的作業紙。

他在社群軟體上亦會重重的用、連續的用，覺得荒謬時用，讓驚嘆號當作卡通表情，往往為了反方向的諷刺與玩鬧，反撲式地想逗人笑。

究其原因，卡其的不能「喜歡」，或許只是因為，那不是屬於他的

「自然」，不是一件自然不過之事。

那更接近一種掌握了他人得以接受的模樣。之於自身現實的映照來

說，他總覺得沒有那麼多值得在內心作浪又起伏的信息，至少那不是一個段落裡，最該用以短暫總結的情緒，隨意地就這樣丟擲出去。但也覺得，是否是自己沒有給出一個更加寬容的空間？

他思考著「自然」與「獨斷」之間的距離，就像思考靈魂如何找到自己的身體？如何確定自己的樣貌？因為卡其其實希望，能一直珍惜自己對世間萬物所擁有的，一種最為純粹的憤怒，以及那無人可以對此審美加以評比的，感覺「醜陋」。

可能是不想再被一種難以言喻的邊界之境所阻困。有天，卡其在情人身邊醒來，有種像是以往那種不滿足的時候，曾經湧生的，隱隱約約經驗過的情感，從身體上方的某一塊地方出現了。彷彿一股煙氣般漸漸上升到喉嚨，卻有種哽著什麼堅硬小團塊的感覺。他感到類似害怕的情緒，突然覺得自己好像活在一種預設裡：預設了自己會受傷，也預設了自己會傷害他所愛的人。

對於卡其想要做的事，他日常喜歡使用的各種物件，穿戴的服裝或飾品，偶而情人會針對放在卡其身上的東西，有一些不同的意見，不是完全的否決，只是好像給出了一個對社會來說更有力氣的框架。但就像誰也不能代替他一樣，不能替代他做選擇。這些雖然不是讓卡其想要暫時分開的原因，但可以想像一種場景：那份力量正在儲蓄，他的情人往後將會反對的越來越多，直到某種反對的力氣也成為一種手工藝，用來編織成巨大的黑網，撒向他的愛情生活鋪天蓋地；直到一併網羅了那些原先所見、算是接納了的部分，卻不再能一併喜歡自己其餘的，逃脫出去了的那些面向。或許就像那些文章裡，過度的驚嘆號，對他來說，就是一種刻意的硬碰硬。

於是，那天之後，他瞞著情人去看了許多房間。大約一個半月過後，因為一扇面向遼闊山景的落地窗，外面有樹林，帶著蔥鬱的、深深淺淺的綠，雖然還沒能真的走進去，但那裡反射出來的光線與襯托的黑暗，就好像一個由他自己所發現，尚無人知曉的隱密世界。好像如塵埃般，懸浮在不著地的半空中。當所有嗡嗡聲與鳥的鳴叫都匯集在一起的那一刻，他覺得有什麼向他走了過來。世界就此將他隔絕了起來。卡其就決定好了，要從當時與情人一起租賃的市區套房，搬移到這座淺山旁邊去。不是跟情人一起，是自己一個。

對這樣一夕之間的變化，情人摸不清頭緒，但卡其沒有對他多做解釋，只告訴情人他想要多一點時間，自己靜一靜。他本來就因為情人遇事總是平穩才喜歡上他，這一點從來沒有失望。

卡其已經藉由別人的生命經驗，累積了一些常備知識：因為某種悲劇性所形成的愛情；或者，正處於愛情之中，卻產生了生命的悲劇，都會讓愛情持續不了多久。宛如那些戀人突然發生意外後，另一半細心照料的故事，以為共苦，更容易走到永遠。但在共苦，看盡生命的殘酷，或肉體的衰頹之後，奇妙的是，看似雨過天青、安安穩穩的往後日子裡，兩人常常再也走不下去，或再也走不了太遠。

卡其覺得到頭來，或許只有同甘、平均與等值的愉快，才會是永恆愛情的真理；或許趨光與向陽才是這種激情動物的本性。

他不覺得自己在預設即將來到他面前，現在仍然待在後面的悲劇。他只是想傳達一種當下的真實性：「是真的。」所以他只是被身體裡的問號喚醒了。

他醒來。即使專注於這份故事的那顆長鏡頭，已經往後越退越遠。難道不是這樣的嗎——所有人都在自己的位置，企圖反抗某種自己同時並不願意發生的命運？

然而，卡其唯一明明白白知道的一件事就是，自己並不是為了傳達一種正確性而生的人。

打個比方來說，就算他施行卑劣的地方很小也很少，但也不意味他從不卑劣。一句老話曾經流傳著：「看不見不代表不存在。」善用表面去隨意做齊一化結尾的人，那就一輩子只要用自己的目光看到那表面就好。只願意停在事情表面，就永遠停在表面那處。剛好而已。永遠都不會知道真正的枝微末節，回落為平常無事的樣子，變成一種更不確定的東西。即使所有的蹤影足跡，最終都在沒有刻意顯露成為結尾的那裡面。對他們來說，沒有過程。而最後的最後能明白的，不過是某個人刻意的，在一個地方停止。

卡其不會對任何虛華且短淺的總結表示任何意見，也不會驚嘆。他可能真的是有點決絕，有點無情的人。可是他不想他的人生隨時隨地都要活得像個自己厭膩的驚嘆號。

他不是什麼也不會說，只是什麼都不會跟那樣的人說。他會讓所有的語言變成一種精心布置的謎；他會藏起來，除非有「除非」這件意料之外的事，否則他就永遠都不會說。都說了，就再說一次，他不是為了傳達一種正確性而生的人。

而這也讓卡其想起了自己生命裡的另一條虛軸，及其延伸出去的另一種生活。雖然他在某一段時間的目標總是，試著面對：那些相互分離的事件；抑或只有浮現出來，才能接著被讀取的東西，以及那些被指認出來的雜質與分層。

不過比起世界上發生的事情，他更在乎他與自己有多少距離。

例如說，只要他在空閒時回返老家，母親便會如平常般稱呼他：「我的兒子。」而兩個姐姐一樣稱呼他：「我的弟弟。」理應自然的。理所當然的。沒有不對勁。他們只是各自鑽進了不同的時間裡。他們各自的生理也依然不變地擺在那裡。他想成為的不是這個性別，卻也沒想過讓他們稱呼他別的。

卡其也是有自己的個性。他留長髮已及腰，最開始只是懶得定期修剪，後來就決定當作另一種對自己耐心程度的考驗。他喜歡穿隱藏起腿部線條，但那種模糊的方式讓他身心都更加舒服的寬褲。儘管情人無法懂得這種流行，覺得這樣誇大的剪裁，顯得整個人身材比例不佳。然而，他這個人本來就是如此自然地存在於那些多面性裡。

當他的家人聽他坦承那最初的情人後，對認識他彷彿又有了新的門檻。卡其能感受到她們那一點一點打算重新拿捏話語的群體氛圍。而他覺得，那麼他就每一次都依照自己的需求，重新衡量那些話語的價值好了。

即使如此，他也總不能對那些從前由她們傳送過來的，以為會恆久待在那裡的親愛，又開始莫名忌妒起來吧。

這是卡其無法割裂的原初身分，即使他經歷反覆又反覆地自我否認與確認；即使他本身也早已有了想要重新賦予自己的新身分。但情感上卻沒有他想像的，那麼需要透過誇大的生活語言，以二手模仿戲劇畫面的方式，表現出那些不願意與衝突。反正，就像他自己其實是一個自相矛盾，將不同漏洞滾動式修正的人。那些矛盾，他就當成是種客觀偶然，當成是攝影裡的光影瞬間，只是他私人歷史中的一部分襯景。

跟情人暫時分開之後，他多買了幾件褲管更加向外擴充的寬褲。日日穿出門，隨心所欲。遠遠看，若沒注意那褲襠中間用來隔開，褲腳你一邊我一邊的剪裁，就好像穿著一件長裙子一樣。一切就是這樣模模糊糊，捉不著最接近真實的東西。

卡其後來，時常穿著不同顏色的寬褲，去爬新房間外面那座淺山。由樹木與樹葉構成了自我支撐的穹頂，總是在不遠處發著綠光。他覺得被包圍卻可以沉靜下來的這一刻多麼美好，只有在這種時候，自己與世界的連結不是完全割斷的，就好像周身的環境與自己的心。意識流過來流過去，不那麼清晰，不過於明白，大概就是屬於他的自然。

接著有那麼一天，卡其發現，沿著他走上來的路徑，另一邊又有一條人的足跡，新踩出來的路徑，印痕淺淺的，在成形與未成形之間，也許不像是一條正確的路徑，但是他想，也許總會有一條這樣的路徑，使人如被魅惑一樣，接著一步一步走上去。

畢業旅行

透明不會記得窗外飄浮的雲層，就算日後某次看著窗外，有了恍惚的既視感，也不會是因為高中畢業那一趟，對車體之外的風景毫無想法與記憶的旅程。

她試著回想第一次到最後一次，由學校安排的集體旅行，但真的沒有能立即想起任何一次的目的地，他們那一群人究竟到了哪座城市？她記得的，常常只有擠塞在車體裡面的聲音與味道；車身行駛在柏油道路上，過於喧囂或沉悶地坐著。忍耐著過長的路途。也許企劃主事者，總以為這些名為「畢業旅行」的外地旅程，最終會達致歡愉的結果，都是從距離長度，換算而來的。目的地盡可能地越遠越好。

透明自己最後一次集體旅行，她記得，是在女校高中即將畢業那次。從前那些所謂的畢業旅遊，總被安排在學期中末段，意指回到學校後，一起去旅行的這些同學，還是必須一起上課一段時間，沒有完全的再見道別。只有旅途上那些尷尬、爭執的內容；某些原先不明白，卻突然明白了的情感，因為以生活化的細節，幾天的日夕相處，反倒是意外地延續了下來。

當有人選擇不參與整趟旅行，同樣必須面對那些集體目光帶來的擠迫感，不溫和的會說：「這樣不合群。」溫和的會勸：「人生只有這麼一次。」那樣事前來自師長、同儕的目光質疑，甚至對家中私事的過多猜測。事後在談論那些旅程經歷時，語言的畫面感上，隱隱的排「外」——無論那是某種旅店的薄暮風光、撞鬼的見聞，抑或撞見青春男女的脫軌事件。照理說，不應該會有那種幼稚的效應，可是那份旅行之後的氛圍，就一直會是那樣。

透明不是根本不記得更多細節，記不起那些微小的快樂，就是其實完全無法真正感受到某種快樂。一樣的吃飯、走路、遊戲、睡覺。既是生活的行動，又有懸置的範疇。當人們想要逃離到一個截然不同的地點，其實並沒有多出什麼深不可測的策略。那是否可稱之為：彷彿逃離了日常，卻又被禁錮、受限了範圍後的餘韻或餘波？

所以，一旦有可以擺脫這些過度要求，以一種集體活動與情感為中心的選項，讓透明只以私人累積的體驗，重新考慮的話，她就會選擇不參與。

她不知道，如何在漫不經心的每個瞬間，建立起所謂近乎永恆的回憶。

那些人性多面裡，某一面的東西、偶發性的東西、階段性的東西，卻又像關在一個小匣子裡，深深淺淺的重複感受著。

對透明而言，她覺得坐在那樣的車體空間裡，跟著那些直線或彎道的路程，而有所震動的身體，其實就像只踏足了一半的世界，所踏足的時間也僅有一半。

但這有時又是出於自己強烈的意願。彷彿有一個虛構的門把，開往一道未曾經歷過的世界。

透明記得高中那趟旅程，是因為，她記得，當時在車體內，她的身體在那幾個小時之間，起了幾次較為劇烈的情緒反應。這樣的學校旅遊，所有會在幾日內與自己緊密相處的人，在開始前就已經以組別分配好了。包括遊覽車上的相鄰座位，同一個房間裡的有限床位，遊樂場所，甚或邀集一起走到洗手間，並肩步行的同伴者。

透明所在的小組裡，其中一個特別熱愛西洋音樂的女孩R，跟透明一樣是從臨鎮國中畢業的，當時是隔壁班同學。她們是少數幾個跨了鎮，考上縣內唯一一所女校的中學生。

R有著輪廓分明的面孔，非常白皙的皮膚，臉上帶著極淺的雀斑，自然的紅棕色短髮，身材高䠷，在人群裡總是特別引人注目。雖然因她的混血面孔被問過許多次，R回答過不少人，她的父母與祖父母都不是外國人。但R也說過，若認真溯源，可能會是隔了幾代的遺傳基因吧。

直到高中二年級，因為都選擇社會組而被分配在同一班後，兩人才逐漸相熟。也因為住在臨鎮的同一區，若沒有各自的事，透明與R會在放學後，一起轉乘兩趟公車回家。

在滿載不同學校學生的專車上，她和R坐在一起。R看著窗外，透明看著前方，有時看著R，也看著R看著的窗外。耳朵很好的透明，有次聽見站在她們座位不遠處，幾個男校高中生在討論R，這是常有的事。甚至已經沒有什麼位置可以多做疑惑。但那次，那兩三個人竟把透明一併納入話題裡。

有人問：「你比較喜歡戴眼鏡那個？還是沒戴眼鏡那個？」有人答：「沒戴眼鏡那個，比較漂亮。」「我也這樣覺得。」直視著前方座椅，從把手的空隙看過去。戴眼鏡的透明，也這樣覺得。雖然她假裝沒聽見。

家境不錯的R，經常會表列，然後託人到當時專賣進口唱片的台北淘兒或玫瑰唱片行，選購她要的CD，再請對方寄送過來。透明知道R有時會在上課期間抄寫那些英文歌詞，也曾說過大學畢業以後想要到唱片公司就業。不知道哪個是因，哪個是果，總之，R的英文學習得很好，後來大學考上了外語系。而透明那些隨意的音樂知識，簡直都是從R那裡胡亂吸收的。

有次，R邀請透明到家裡玩，透明看見她房間床頭櫃上，擺放著整整齊齊的塑膠盒專輯。冷門的、熱門的。從側標看樂團名稱，都是R介紹過的Nirvana、Oasis、Blur、Radiohead、Savage Garden。

R把透明帶到客廳的黑色皮沙發坐下，將她當時十分著迷的男孩團體Backstreet Boys 的演唱會影像，用電視機播放。幾個小時的碟片長度，R不知已經看過多少遍，所有歌曲都隨之大聲哼唱，連中間談話橋段都早先一步發出內容。突然，R帶著玩遊戲的興奮感，要透明閉上眼睛，猜猜現在播放出的這首歌的這一處，到底是誰的聲音？透明其實連男孩團體裡誰是誰都還認不清楚，更說不出完整的姓名，怎會知道他們各自擁有什麼樣的聲音。然而那時，透明想要保存那種近似祕密結社的心情，所以只對R說，「我聽不出來啦。」裝作自己對分辨人類聲音毫不敏感。R則帶著些許分享欲及優越感，笑她：「怎麼會聽不出來？」

R原先就是很受歡迎的大方性格，她開始在放學後補習數理，便跟同個補習班的其他同學比較親近。透明則接近獨行俠，曾在旁觀同班女孩們的喧鬧景象時，不知道有人也在一旁，觀察她的表情。直到那人出聲：「你又在憤世嫉俗了。」透明轉過去看，才知道那位同學用這樣一句話統整了她。

三年的在學期間，也有過一兩個人主動接近透明，常常是覺得她性情特別，然而，似乎卻又不覺得她特別珍貴。

除了二年級時，透明與R表現出稍微熱絡的互動外，兩人到了三年級，就恢復成原先那樣，平平淡淡的關係。透明心裡沒有太多可惜，畢竟她後來多想了一下，自己陪伴在一個人身邊，是因為心裡舒適，不是想被當成另一個人隨身在側的，或待在地面上的影子。

畢業旅行那一天，因為容易暈車，提前吃了暈車藥之外，透明選擇與那個覺得她「特別」的同學，坐在遊覽車座位大約第三排。R則與其他朋友坐在後面幾排。出發初始，透明可以聽見她們異常明亮的聲音，傳遞彼此的零食包，在車上玩著小遊戲，聲音竄過來竄過去。

透明已經不記得為什麼會與鄰座同學發生爭執了，但她想，勢必是她強硬的不願意做某些被要求做的事，種種行為與言辭，誰都不肯先軟化。

沒有時間磨合。不相合，便一拍兩散。
鄰座同學離開她的座位，車行中，逕自走往走道後方，坐到別處去。一直到畢業旅行結束回到學校，她們都沒有和好。這意味著，整趟旅程原先分配好兩人一組要一起做的事，透明都要一個人做了。

旅程中總有那樣被認為最好打發與浪費時間，而被企劃進來的地方，所以透明記得，學校安排了一個遊樂場所。
或許為了不要讓自己在那裡看來無所事事，她不知為何接受了一個不相熟的同學邀請，玩了一組說是非常刺激，但沒有人願意跟那同學一起體驗的設施。坐上去之後，透明覺得自己就像被關在鐵籠子裡，身體不停被倒過來，翻轉來、翻轉去。三百六十五度，天旋地轉，像自虐，像刑求。透明連尖叫都不會。真實感受好像還來不及趕上去。終於結束，下來的時候，很快湧起不適，她趕緊跑到旁邊設置的水槽邊，將食物殘體連帶胃液統統吐了出來。
聽見旁邊也傳來嘔吐聲，一整排的人，不分年齡，不分性別，全都在那個寫著「嘔吐槽」的地方嘔吐。最後在那個遊樂園裡，她只玩了剛進去時坐的海盜船，與那個不知何名的翻轉器材。直到分配在那裡的時間結束，她都癱軟著，坐在一旁的椅子上休息。之後的任何點心都吃不了，連水都只敢喝一點點。

所謂的遊樂園，在那次之後，對她來說，終於成了一個只能感覺時間不斷翻湧，不知要結束了沒，以及十分凌遲身體的地方。有一種在旅路中途，卻總是到不了目的地的銘刻印象。

又得按表操課，去下一個地點，所有人回到遊覽車上，車上附帶的前方小螢幕，開始播放起日本電影《情書》。透明的鄰座沒有回來。

她第一次看，一個人專心的看，什麼都不再想。到了穿著紅色毛衣的中山美穗，在全景白色的雪地裡，往前奔走，被高積的雪堆絆倒，又艱難地舉足爬起。拍拍毛衣上沾著的雪花，對著後方等待的人微微一笑，然後在嘴邊舉著雙手，當成傳聲筒，對著山頭大喊「你好嗎，我很好」的經典橋段。宛如從小的時候開始，若透明想要哭泣，她絕對不會讓人看見自己的眼淚。她會躲進家裡的洗手間裡，偷偷的，無聲的哭泣。

她在那一個人的座位，哭到心臟覺得痛苦，肩膀不停顫抖，因為過於習慣，所以一點聲音都沒有發出來。

也或許因為這樣的壓抑，太過靠近她的日常生活。一旦她掉以輕心，就會像動作電影裡，用來阻擋入侵者的裝置。兩塊不停靠近的鐵板，終究會把那處於中間的人壓扁成肉泥。

透明逐漸覺得，坐在那裡，不能離開，變得難以忍受。

那輛遊覽車到了某處休息站，車上已經傳來宣告，停靠的時間將會很短暫。有的同學下車去上洗手間，有的就直接待在車上。從外面階梯走上來的R，經過了透明，看見她一個人坐在那裡，於是拍拍她的肩膀，把她召喚到後方座位去。

R的鄰座還沒有回來。R靠窗的椅子上，放著她帶來的CD隨身聽。R拿起隨身聽，坐了下來，指示透明，將連接的耳機塞進兩耳裡，似乎要給她聽首歌。透明怕R的鄰座隨時回返，只是站著，照R的話做。

R喜歡的那種英式搖滾節奏，遂從耳機裡流洩出來，一切跟以前R總介紹給她的音樂，似乎沒有什麼太大的變化，就是嘶吼多了些，金屬重了些。

中途，這男人的歌聲突然安靜了下來，透明以為是休止，接著，聽到一段類似小小的水柱，落到水泥地上的聲音。先是集中的噴射，而後是緩慢的，斷續的滴答，之後不久，聽見那種似乎是酒醉嘔吐，從喉頭深處翻湧出東西來的聲音。透明才意識到，剛剛那水柱，是這男人小便落在地上的聲音。

她拔掉耳機，皺眉看著R，R只是惡作劇般笑得很開心。

鯊魚夾

三十五歲的綠亞，最近失業了。

半年以前，她已經從一個大門門牌隔成七間，夏季電費一度七元的分租套房，移居到一個門牌隔成四間，分別是一間大套房加三間雅房，全年電費一度五點五的屋子裡。她搬進其中一間必須共用衛浴的雅房，為了省下每個月一千元。綠亞沒有換工作，只是那樣就可以從固定的薪資裡，多存一點錢。

這間雅房的新房東，是一位退休女老師，她將原先一家人住的樓層一戶，重新裝潢，改成出租之地。房子的整個空間並不寬敞，隔出來的雅房大約三坪，隔間都是輕材質。綠亞試了一下抽水馬桶的水壓，覺得不甚夠力。但一切都算乾淨嶄新。大樓有專人清運垃圾，還有方便遷移重物的電梯。

新房東說，她才將出租資訊ＰＯ上網沒兩天，綠亞是第一個去看房間的人，裡面一個租客都還沒有。

綠亞不知道會在這裡遇見什麼樣的人，其實也毫不期待。只是她一眼喜歡上位於最中間的雅房，房裡有一扇小小對外窗，下方做成一塊向外凸出去的畸形結構。半個人高的空間，可容身一個坐著的人。底下則做成階梯式的收納櫃，可以彎著腰走上去。

住進去之後，每當休息日，若下起雨來，一到午後，她會坐在那裡，看著雨滴飄落在窗戶上。這整棟樓的後方，有一塊戶外停車空間。她就這樣看著街巷裡的車子，在雨中駛過來，停下來。有一次颱風天，她坐在那裡，看著馬路對街的一棟屋子，樓頂有一根黑色的，像是電線般的長條物體，徑直垂落在窗戶外面，被風吹動，搖搖擺擺。狂風暴雨裡，綠亞心裡癢癢的，卻也從中感到一種莫名的安全。

雖然這位出租房子的退休老師，不僅要求檢視租客的身分證，要出示職業證明，還要三十多歲的她找父母當保證人簽名。那些繁瑣程序，綠亞只當大概是第一次當房東的謹慎小心。由於綠亞前一間套房的租約已經快到期，她不想續約，兩相衡量之下，她選擇忽略掉兩人話語裡那些不合拍的地方。

綠亞到這座城市工作後，從最大的租屋網站裡，尋覓到第一間套房。在紅線捷運某出口附近，離她公司最近的捷運站，行駛時間約二十分鐘。在捷運附近租屋，或許是此地初來乍到者，能最快適應交通問題的首選。其他交通工具的選擇，她打算往後慢慢學習。

綠亞租賃的第一間套房，那位出面帶看屋的房東，是在附近開業的牙醫太太。她遇過的房東們都毫不吝嗇地告知自己的身分位置，順帶提示其他房客的職業狀況，或許覺得如此，可以更快取信於別人。

那是沒有電梯的五層樓舊公寓。房東擁有的是最上方兩層。每層隔成七間套房，約五坪。依性別出租。生理男性在五樓。生理女性在四樓。牙醫太太招攬租客的話術是：「房客我都有挑過。房子整間都很安靜。」

然而，綠亞每週的工作休息日，倘若打算一整天待在那套房裡，即使關上所有的窗戶，三餐時間她都可以聽到隔壁棟的哪裡，啟動了抽油煙機，翻動了鍋鏟，甚且連氣味也會擾動到她這一邊來。

幼童們的激動尖叫。被喝止的高聲玩鬧。不聽勸的大聲哭泣。家庭成員交換起關於教養、功課、作業、生活方式的不同意見，提醒著「明日要上學了，什麼事應該做未做趕緊做」。一個人的話語未斷就被另一個人的句子包含。只有說些成人之間的隱密問題時，交談的音量才會不自然地突然降低。

綠亞也都知道，這家不見了什麼，找不到什麼，那家又缺少了什麼，喊過來喊過去。各種聲音。一些氣味。她沒想過時時刻刻那麼清晰，也沒想過自己會被迫參與。

此後，在搬過幾次家，吃過幾次虧之後學到，當房東們信誓旦旦，保證房子日日夜夜的「安靜」時，綠亞就會多問一句：「那你們自己有住過嗎？」

因為位在一間連鎖百貨公司附近，女性租客一半以上，都是那間大百貨公司的櫃姐。晚間十點、十一點多，一雙雙高跟鞋，鞋跟與地面厚重而緩慢地摩擦，一步一步，踩在玄關進來後，刻意用木板整個墊高幾公分的整條走道，也踩進她們沉沉關上的房門裡。

白日的時候，若綠亞起得特別早，就會在某些房門口，看見通常只有一隻放好，一隻倒下的素色五公分高跟鞋。

綠亞租賃那間套房時，只剩下最靠近大門口的一間。她的套房格局，衛浴空間在入門右手邊，單人床架平行地被擺在左手邊。中間橫放了那種輕便的塑膠長型桌子與塑膠硬殼椅子。附有一個可移動的木製衣櫃。幾扇窗戶面向隔壁棟的窗戶。百葉窗總是放下來。大樓之間，正好留有可以製造回音或說是噪音的空間距離。這件事，她當時沒有特別注意。

那房間位置，她知道是依著先來後到順序的人們，所餘下的，最後的選擇。但她的需求總是更為緊急。一年的期約她就在心裡約好，在一年內忍受。

四樓女性租客上面一層，租給了男性。當他們走在鐵門外的水泥樓梯，她已經可以隔著鐵門，隔著牆壁，分辨出正在走上樓的雙腳，穿上的是皮鞋、拖鞋或是運動膠鞋，鞋底有所不同，起步與落地的聲響也不同。

綠亞搬進去之後的那一年，每天晚上，若在淺層的睡夢中，她都會有種錯覺：有許多人在她的耳邊走路，甚至，踩踏著她的耳朵走路。雖然夜夜戴上耳塞，只要有人經過，有人上樓，有人開門，每日如此，她還是覺得自己的頭，快要跟著被打開，跟著被踩破。

所以，綠亞其實已經預想到，那新房間的隔音，因使用輕材質的關係，還是會差勁。但新房東對綠亞說，她隔壁的那間雅房，他們一家會自用，不會出租。等於三間雅房裡，只會有一個人跟她共用同一間衛浴。意即無論如何，她只需要重新適應另一位房客。至少比起前一間租賃的套房，需要忍受的聲音，大概來得少一些。就是這些加加減減的考量，她覺得還算可以。

唯一的套房差不多同時租出，聽新房東說，那房客在某處租有另一個房間，大概有什麼需要才會回來這裡。另一位雅房房客，則住在入門第一間。雖然她和綠亞住在隔壁，使用同一面隔間、同一間衛浴，但入住第一個月，綠亞只聽過她在走廊與洗手間的急促腳步聲，以及每日好幾次，轉動鎖匙，鎖上房門，轉動鎖匙，打開房門的聲音，從來沒有親眼見過這一個人。

可綠亞也無法預料的是，房東一家如此留戀這棟以前的屋子。周末，有時她還在補眠，睡得較晚一些，房東兒子便已經使勁打開那扇不甚好開的鐵門，進到那間保留下來的雅房裡，遙控開啟掛在壁上的電視機，看著足球競賽之類的頻道。當他滑開衣櫃的門板，那樣的設計，大概因為擺放的位置，總會順道將門板撞擊他們這兩間，彼此共有的牆面。那聲音力道在她頭頂炸開，就只一下，重新安撫好的睡意，便又重新被驚醒。洗手間裡，傳來馬桶蓋被掀開的聲音，卻沒有重新放下去的聲音。

有時，則換成新房東，她常常一個人過來。偶爾也會帶來幾個閨蜜，雨天時一夥人大概也沒有其他地方可以去。各自攜著袋裝食物，窸窸窣窄。濕淋淋幾把傘，掛在公共區域，撐開成花叢。她們在那小雅房裡擠塞一起，嘻嘻哈哈，歡笑聲與說話聲斷斷續續地，傳過來綠亞這裡。

租下她隔壁的那位雅房房客，不到半年，就搬出去了。每次過來這裡，若看見綠亞在，新房東便會將那些瑣碎的私人資訊，說給綠亞聽。新房東如此抱怨：那女子從國外回來。約四十歲後半。目前沒有工作，看起來也似乎不打算找工作。晚上八點之後便覺得不安全，所以絕對不出門。幾乎每天都在家。

有過一段時間，連著好幾天下雨，終於放晴之後，公共區域的地板看起來濕濕的，女子不知那現象是所謂的反潮，只覺得不安全，便打電話給房東，要她趕緊過來看一下。

這棟大樓的隔壁，一樓開著寵物美容店，那女子還是覺得不安全，便不斷打電話檢舉店家。

兩人沒有真正相處，只是共用了某些空間與機器。綠亞唯一覺得不方便的，就是隔壁房客只要發現綠亞出了門，便會立刻關掉公共區域裡，小冰箱旁安裝的無線網路分享器。綠亞上班時是無所謂，但假日到對街超商買瓶水，或短暫外出吃中飯。原來這屋子網速就極慢，綠亞會預留較多時間，進行種種空中傳輸，卻在她出門回來之後，大部分作業還是無法完成，後來才發現被隔壁房客斷了網。

經新房東溝通後，那女子說，她覺得那路由器發散的電磁波，並不安全。綠亞因此決定，為省下其他麻煩，每次都由自己重新打開就好了。所有的不安全，都是隔壁房客曾經傾倒給新房東的不安全。與此同時，綠亞也感受到了一種不安全，是聽完新房東重新傾倒的抱怨後才知道，原來隔壁房客一直在自己房內，傾聽她的任何動靜，再決定自己的下一步動靜。

新房東說，隔壁房客急著搬出去的理由，緣於有天，她與套房租客起了激烈衝突，硬是要求對方一起過來的男性友人，拿出身分證讓自己檢查。男性友人覺得沒名目，不給看。你來我往口角爭執，那女子遂報了警。警察一併將房東叫喚了過來。這件事情，大概在那女子的世界裡變得太大——她覺得周圍的一切，都變得不再安全了。

綠亞那時剛好回去老家一整周，什麼都不知道。她回到租屋處，只覺得那些被隔壁房客製造出來的聲音，有一部分就此不見了。新房東告訴她，因為這樣那樣的事，那女子情緒不大對，已經被親人接走，決定退租，搬離了那房間。

這使綠亞記起，有那麼一次意外發生。

有天下班，九點多，洗完澡後，她先進了房間，放好盥洗用品。為了重新回到浴室，撿拾排水孔上的頭髮以丟棄，帶上自己房門時，不知怎麼卻被反鎖在房間外。而門鎖鑰匙已經在房間內。

她從未被房東提醒過，門把正下方的那個安全扣鎖會有任何問題。租賃的前幾個月也從未出現過什麼問題。她先冷靜下來，第一時間否認這事已經發生。上下扳動了幾次門把。

那晚，她穿著薄薄的睡衣。近視各約五百度的雙眼，還沒來得及戴上眼鏡。一切朦朧看不清。長頭髮半乾，捲成一圈，夾上鯊魚夾。

有時假日，她返回位在另個縣市的老家，只要預備外出，母親就會提醒她，趕緊把夾上鯊魚夾的頭髮放下來，或用髮圈重新綁好，綁成一束馬尾。

母親總是對她說，夾上鯊魚夾，直接就這樣出門，「看起來實在不像話。」

那晚，被自己反鎖在自己的房間外，那樣在家裝扮的綠亞，想來與看來，完完全全，就會是母親說的「不像話」。

這個意外發生了，身邊什麼工具都沒有，明天還得上班，綠亞不得已只好敲敲隔壁房客的房門。輕敲了好久，那女子似乎不打算開門或應聲。綠亞只好在門邊輕聲傳達：「我被鎖在自己的房間外面，可不可以請你幫忙，幫我打個電話給房東？」那女子才將房門開出一點縫隙，看了她一眼，了解情況後，重新關上門。約一分鐘後，以一樣的方式打開門，語氣平淡地告訴綠亞，房東沒有接電話。

綠亞那時意識到，自己大概只能整夜就這樣站在外邊。她的身體雖然已經擦乾，但包裹在毛巾裡的長頭髮還是半濕的狀態。她感到了些許寒意，遂問了那女子，可不可以借一下吹風機？那女子立即說沒有。綠亞看著那女子削薄貼耳的短頭髮。可能也是真的沒有吧。趁那女子還願意開著門，綠亞決定開口借把椅子，至少不用坐在冰涼的地板上。椅子是每間雅房原來附贈的家具之一。那女子思考後同意。

那天晚上，綠亞坐了一夜，沒有睡覺。等到早上七點半，那女子睡醒後，開了房門，出來上洗手間，綠亞麻煩她回房後再幫忙打個電話。那女子又進了房間，出來後，轉述給綠亞，房東此時正好在捷運上。再過半小時，房東才拿著備份鑰匙來到這裡。

綠亞記起了那一夜。那是她與隔壁房客說了最多話的一夜。

整個夜晚，綠亞待在自己房間門口左前方幾步，洗手間隔壁，那個名為廚房兼曬衣場的公共區域裡。那一小塊區域，最角落的地方，塞置了一台洗衣機。最前方有台不到成人高的電冰箱。天花板垂掛了幾支固定式長鐵桿，充當公用的曬衣桿。一些房東家的雜物，連呼拉圈，都還留在那裡。

坐在那把借來的電腦椅上，綠亞怎麼也睡不著。凌晨睏極了，遂突發奇想，曾經試著躺在那約一百五十多公分的流理台上。

不允許開伙的流理台，沒有設計出瓦斯爐的位置。只留有一塊長形的白色桌面。桌面上留置了房東家的熱水瓶與馬克杯。後方附有大約成人前臂寬的洗滌用小水槽。

綠亞艱難地爬上流理台，想要鋪平自己，卻發現她身體的後半部，在小水槽上懸空著。

她想像著自己，是一隻正在被剝除鱗片的大魚。那一夜，沒有人知道她曾經也是條魚。

隔壁房客搬離不到一周，新房東重新在租屋網上張貼廣告，釋出雅房空間。因位在捷運站旁，地點好；最初拍攝的照片一直沿用，房間內部看來就像從未有人使用過，很快就有幾個新租客來看房。她們下周就會搬進來。新房東這樣說。

綠亞此時站在流理台旁，等待著那台舊式雙槽的掀蓋洗衣機，將衣服洗淨。陽光照不進這個空間。洗衣機因為脫水程序正在劇烈地搖晃著。她聽見新房東打開了大門，鐵門砃的一聲重又關上。

新房東走了過來，兩人打了招呼。新房東沒有進到保留給他們一家的房間裡去，她已經讓出了那房間，與隔壁的雅房同時，另外租給了其他人。於是，就跟綠亞一起站在那公共區域裡。

直到洗衣機完成它的程序。綠亞探出半個身子，彷彿要被洗衣機吞噬，從深處撈出衣服，一件一件地穿過自己帶來的衣架，踮起腳尖，再好好勾上室內鐵桿。

新房東始終站在綠亞旁邊，看著她做事。一面帶著過度親近的語氣，對綠亞說：「你看這些衣服很快就會乾吧。」

也依然細數著那隔壁房客的種種事蹟：「你看那個小姐，年紀那麼大，沒有結婚，也沒有去工作，如果不是她苦苦哀求，我當初根本不會讓她住進來。」

聽著房東說話，綠亞想起，當初申請新房東想要的那些單據證明，著實也在工作單位麻煩了一些人，浪費了一些時間。

綠亞將前額散亂的髮絲隨意撥開，雙手向後一掕，想要用鯊魚夾重新整理好。

早前，她在臉書上看見一則鯊魚夾廣告，上面幾句宣傳詞：「韓妞潮流爆紅中！一夾搞定！輕鬆點綴你的生活日常！」原來時代不一樣了。鯊魚夾已不像母輩，以及這樣延續下來的，綠亞青春時期的印象，是個不好直接穿戴出門的裝飾品。搭上前陣子所謂的「90s 復古風潮」，加以幾個韓國明星領頭，漸漸變成不俗氣的點綴。

綠亞一如以往，伸手向後，打算收拾頭髮，手裡卻掕了個空。依著習慣，一時沒記起，前幾日自己已經將頭髮剪短，剪成了所謂的「男生頭」，打算會有好一陣子，不再花筆錢修剪頭髮。她的鯊魚夾，如今也夾不住這些短髮絲。暫時用不著，就收起來了。而現在這髮型，倒是有點像她的隔壁前房客，像那女子一樣。

這一個月，新房東過來這裡的時候，無論平日或假日，綠亞幾乎每天都在。只是有時，假裝不在，放輕了動靜，刻意不碰面，她不想說話。直到聽見房東關上鐵門，完全離開，才活動起來。

今天，新房東在她洗了較多分量，掛晾起衣物，在每個衣架之間，試著拉開一點距離，讓空氣流動循環，而無法拒絕談話時，突然問起：「妳怎麼不用上班？」

綠亞握著衣架的手停頓了一下，只是笑笑地，對這位新房東說，「我正好在休假。」

枕上的一段夢

影白有天在睡夢裡醒來，察覺到，在那個自己仍留有一絲模糊畫面的，她的夢裡——夢裡的她一直都是個小孩。

這意味著，每個夜裡，她那已經過去了的夢，以及那些已經沒有殘留語言可以重新表述，失去了最原始粗糙、私有語言的夢境裡，當她意識到那個主人公是她自己時，永遠都是一種比現在的年紀更幼小的模樣。

夢裡年紀小，是否因為她對未來的自己無法想像？似乎可以賦予這樣的解釋。但影白不知道，夢境是否是為了喚醒現實？是為了叫住某個時刻、某樣東西而存在？或者，兩者其實互相撐持著。

所有極端相反的東西，宛如一枝沾滿顏料的筆。當每一次都用同一桶清水，繞著圈子，將筆洗淨，那些被帶起來的水波與水流，原先是不同顏色的，就會在那桶清水裡，統統變成同一種顏色。全都很好的，用同一種顏色，融合在那裡。

影白也希望自己擁有把幻夢變成高級藝術的能力，抑或，有一份能帶領她走到更遠地方的天賦。

然而，現實總不會是夢境的比例尺再現。不是固定的模型資料。不是那再現的模樣。無法如同學生時期的教科書裡，出現的地形圖等高線，讓人得以從像樹幹年輪般那些疏密程度，理解地勢高低、地表起伏，同時也辨識河流流向與河谷寬度，並清晰明白到，可以從中出考題的地步。

影白無時無刻都努力讓自己整潔得體。從公開的辦公桌面上，到除了自己很少有人會進入的租賃房間裡，她都不讓過度的混亂，有機會動搖自己。就算那種內容農場的網站上，有時會趣味的顯示，將物品隨意擺放，看來雜亂的排序，其實使人較有創造力，或者，自身就是一個較具創意的人。雖然她也覺得這樣的簡易歸類，對她而言並沒有什麼損失。但她還是更願意，一如往常，整潔得體。

但活著，活的時間越來越久，作為一個人，不可能永遠保持一樣的形狀；亦不可能永遠都不失序。雖然已經產生了固有的習慣與癖性，甚至固有的病痛。得以從這些重複的內外挫敗之中，知曉了些許自我治療的方法；也對重複出現的問題，從與過去相似的體會與經驗裡，找出了相似的解決方法。

影白跟普通人一樣犯錯，跟普通人一樣承認，跟普通人一樣更正，調整位置。當然有時，她也會跟普通人一樣，在細節完全的顯曉前，在足夠的勇氣生成前，若可以的話，更想要捐棄某些記憶，想要更加偏向、疼惜她自己。

有一天，影白起床後，如常洗著臉刷著牙，這樣的念頭，像舞台表演結束後，那些彩花彩帶一樣，從上方飄落下來。想來就是庸庸碌碌的人生裡，平平凡凡的道理：想要校正回歸所有的偏見，難免太過天真，然後，又因途中產生的疲勞與虛無，對自己製造出新的痛苦。因為這件事，如果不是第一次發生在某一個人身上，就代表著它不會只發生一次，而是往後將有類似的無數次重新輪迴。

直到變成一個人一生之中，最致命的，最後一次。

影白可以說是想通了，也可以說，想法漸漸在現實裡成形，在一些空白的時刻，突然打開。

她後來的決定是：若真有惡意的嘲弄或故意的懷疑，就將其當成是種激將法。這些人們，及其言語的輕率，使他們看來並不真的無辜，反而接近一種無知。他們之間彼此傳遞著、連接起錯誤的信息，以此編造出不同的故事。在每個話題之間，插進毫無關聯的價值判斷詞彙，刻意打散了原來的討論，歪曲了可能的意義，遂只能將真實的細節，無限的推遲。

那些選擇更靠近權力，知情卻不報，將他們的語言，重新配置成新的侵害，突然伸拳擊倒了他人的人們，永遠不知道，如此會對一個人一生的關鍵時刻，造成什麼影響。

原來她無法同情，因這類型的資訊受限，而變得淺薄的人們。影白花了好一段時間，糾纏於此。她一直沒意識到的是，有些人其實就只需要最為表面的資訊，那些飽含真相的內容對他們來說，太沉重了。

思及此，她便開始對各式各樣的人有點釋懷。希望能讓這些人有時間調節自身對他人的暴力。如果他們能知曉自己正在施行暴力。

所有的相逢，並不只是帶來新意。她想，這大概就是在這個通訊與媒體世界，會不斷重演的歷史吧。

當她在螢幕前，用手指頭笑著。在文字的句尾填上 XD。畫下笑臉符號：)，這些使用西方符號的顏文字，其實都必須將自己的面孔，轉過九十度來查看，才更能接近一種人類表情的模擬。

這些已被視為老古董人類，才繼續使用的顏文字，雖然被說過時，卻也證明了，曾經有些自由心證的微笑，是屬於橫向的。

而這樣透過文字與圖片存在的世界，更需要，也更常被帶動的，總是一種公開出來的情緒反應。無論即時或延遲。無論轉錄或翻譯。一份敘述，總跟著這些較具聲量的敘述轉。

所有人類與創造物的交易，無論是書寫文字或者圖繪語言，無論被忽視，或被過度的期待，內含的，其實不過就是這些成形與未成形的慾望。

影白知道自己，最先渴望的，總是一種較為公平的傾訴，較為公平的傾聽，而非一開始便為那些傷口，因親疏遠近的人情關係，排了階序；對一個人小心謹慎，帶有其意志的敘說，評判了價值的高低。彷彿執行著某種對他人證詞的肯認。

而那些現實的語言，也會因此這樣，被壓碎成夢境的語言。四處零散。把身體裡面的某些東西、某些感受，從此交換走了。

影白單純地想，如果一個人的生命歷史，像是座沙漠，那最終就不可能像是沃土一般，好好地被劃開來、被分割。

總是這樣，彷彿我們可以隨意以貧瘠的社會語言，去談論那些看得見的夢，以及那些夢的質地，並將其作出分類：精采或扁平；然而，卻無法接著去談論，那些看不見的後腦勺、髮絲與皮膚，所接觸到外物的質地。

宛若這一塊柔軟之地，終究無法存在於我們的景框裡。

影白努力尋找聯繫。她想試著詢問：那麼她每天睡眠時枕著的，那顆新的防蟎枕頭，長期處在人身之下，是否也足以成為一份譬喻？一份日常的醒覺？一份生活的賦形？是一種直白式故事的傳遞，抑或，就這樣成為一種關於自身夢景的現實翻模？

日日夜夜使力，向上撐托著，那些看得見與看不見的質量與重量，以及各種因為遠觀與過於近看，最後消失的一切。

彷彿我們總是不大明白，它所承接、展現，以及附帶的觀賞價值，是如何的極盡奢侈。

然而，影白還是覺得：沒有人應該為另一個人的生命體驗，做背景、做襯底。

影白一直以來就是個既難入睡又淺眠易醒的人，隨著日子過去，更換了不同的房間，也更換過了許多功能、材質各異的枕頭：記憶泡棉枕、人體工學枕、天然乳膠枕、涼夏枕、羽絨枕……即使這些枕頭守護了她許多的記憶，給出了一個較舒適的位置，長久地，以彈力維持了她後腦勺那塊始終柔軟之地。

它們的外殼在變得堅硬之後，保留了一段帶有固定弧度的凹陷，直到完全確定下來，變成專屬於她自己的形狀；或者，有時也會透過不停與機器攪動、與雙手糾纏，洗淨之後，便一路摧毀那些從小到大習以為常的回憶。無論她的夢曾是暫時和平，還是正在交戰。

若借枕頭加以形容，影白曾經以為，人的一生，彷彿只會定期的替換上方覆蓋著，並包裹住那顆永不替換之枕心的，那枕套。沒有料到，如同陪伴過自己的許多物品，都僅存在於一段有限的時間之中。儘管是一顆枕頭，卻都不是一個可以終生不換的東西。

她不斷地堅守著自己的意志。她的想法在某一段時間，因為過去的經驗與歷練，所形成的她的視界，也沒有什麼改變。

直到有天，一位政治女子的房間照片，成了當時一段時間的新聞焦點。原因出於政治女子自行曝光的私密空間。那些堆疊成高塔，一落一落，圍繞在床頭與床沿的衣服堆。不知是因為沒有依季節或款式分類的關係，還是實在過量了，下邊看來仍一件一件收拾好，上邊也許已疏懶整理，隨手放置，互相越線，彼此傾倒。從拍攝的角度看過去，一扇隔音不會太好的深褐色木門。分量極重但內裡容量卻不大的木製衣櫃，待在角落裡。總配置給租屋族的簡易塑膠防塵衣櫥，拉鍊沒能完全拉上，衣物塞滿，溢出了邊界。

這張被不斷轉傳曝光的照片裡，最終引爆討論，成為無關旁人之間話題的，是那沒有枕套包覆，枕心表面泛黃，初初看過去，沒有一塊潔白的地方，汗漬與時間所積累的顏色，交會產生出了奇異的紋路，看起來早已過了使用年限許久，的一顆枕頭。

大概沒有人重新查詢，或能夠回想起，那政治女子為了回答某個社會問題，而觸發這樣後續效應的源頭是什麼?最後只是在各種梗圖與發酵的創造之間，變成了某種類型的趣聞。

政治女子解釋，那顆枕頭尚且堪用，強調自己時常曝曬消毒。她為那顆泛黃的枕頭，說了一個長達十年的背後故事:女子敘述，那是一顆從老家攜帶過來，很軟、很好睡，盈滿了「汗水、淚水、口水，匯聚日月天地精華」，還有她無數次擁抱的枕頭。女子說，她的母親告訴她：這顆枕頭是，那年代一顆八百元，內裡棉花很好的枕頭。另有代理商接受新聞訪問，附應那些闡述，說，現在已經停產的那顆枕頭，算是十年前最好的枕頭。

旁觀的大家遂因此下了結論：那顆枕頭，已經算是一顆「時代的眼淚」。

那顆枕頭被當成關乎一個人生命的輪廓，無法給予一個人永遠潔白而美麗的時刻。在各種話語裡，既帶來了眾人對一位公眾女人之私下生活的想像，也帶走了自行幻滅的情狀。

影白躺在自己的枕頭上，滑著手機看著照片，突然有點觸動。她明白枕頭只是如同許多東西一樣，寄宿了我們的俗常。在人的生命完全消耗之前，只能熱情充足、保持彈力、繼續膨脹。

【溫柔的存貨】

我寫小說，但並不是憑空想像。

寫作時，我必須感受自己內心的一切。我必須讓書中所有的生物和物體、人類的和非人類的、有生命的和無生命的一切事物，穿透我的內心。每一件事、每一個人，我都必須非常認真地仔細觀察，並將其個性化、人格化。

這就是溫柔的作用——溫柔是人格化、共情以及不斷發現相似之處的藝術。

創作一個故事是一場無止境的滋養，它賦予世界微小碎片以存在感。這些碎片是人類的經驗，是我們經歷過的生活，我們的記憶。溫柔使有關的一切個性化，使這一切發出聲音、獲得存在的空間和時間並表達出來。

是溫柔，讓那個茶壺開口說話。

——奧爾嘉．朵卡萩（Olga Tokarczuk），〈溫柔的講述者〉

塑膠袋仔

朦朧玉不是這個家每晚負責關上大門的人，母親才是。晚間八點半左右，如果其他人沒有要再出門，母親就會把那扇父親塗成寶藍色的鐵門拉下來。

每扇手拉鐵門，左右兩邊各一，那種插銷式的橫栓，不知是栓頭老舊，還是為了加強防盜，後來在最中間的那一扇，加裝了一個平栓，力氣並不好使。

八、九點就關門栓戶，已是這條街上的居民，長久以來形成的一種生活習慣。她在大學畢業之後，只能在北部大城，尋找到方方面面更加適合的工作，逐漸轉換成一個更習慣都會節奏的人。所以，在周末或連續假期回鄉，她時常會在那八、九點的時間走上街，去巷口邊上唯一一家小七便利商店，買點即期麵包或泡麵當消夜。出門前，總要跟母親說一聲：「先不要關門，我回來時會關。」

因家裡只有父母才有大門鑰匙，而他們又住在兩層樓透天厝的不同房間。她自己有過幾次被關在門外的經驗。若要拍打著鐵門叫喚誰，那程度，屋裡屋外的人大概都會驚慌。所以，母親總是抱怨朦朧玉：「這麼晚還要出門。」那已經是早睡的母親，每晚要進入夢鄉的時間。

那時間走在街上，一般住家早已將鐵門完全拉下，只有少數幾間販賣食物的商家，還在廊下收拾那些營業過後的用具，也到了清洗收尾的末節。除了幾條小路隔開，每排大約以五、六間房子連棟的方式，緊密接合一起。往這條街道默契公認的所謂「上方」走去，馬路左側所有走廊都還在，右側則因為幾十年前的道路拓寬工程全都拆除了。後來，那些消失的廊道空間，每家依著手頭的寬綽程度，開始在一樓上方，一間又一間地裝設起可以收放的遮陽帆布或永久的鐵皮雨棚。

朦朧玉她們家就在馬路右側，在她的記憶裡，小時候總在廊下玩紙娃娃遊戲；或者在夏季颱風天，風雨過後仍有幾日停電時，睡不著的隔壁家戶都搬出小凳子來，點著蠟燭與蚊香，坐在廊下，乘涼聊天。

而她童年的恐懼，也是來自隔壁婆婆在二樓種植花木。雨天的時候，一隻一隻的蚯蚓，彷彿從天上掉落下來。小學放學，為了躲雨，走在這樣的「亭仔跤」，經過婆婆家時，她總要踮著腳尖，試圖找到一點空隙，閃躲地面上那密密麻麻的裸色長條身軀。活體與死體。那繁多的數量，簡直是在餵養了。這樣的生物姿態，成了一種心理衝擊，直到如今，都沒有被安撫。

再之後，屬於這些建物的一部分被鑽裂、被打破。水泥塊碎裂在地上。灰飛煙滅。什麼都沒有留下來。

有時候，她在一些鄉鎮走路或坐車，經過一些看來廢棄的工地，建物就像蛋糕被平整切開，永遠不知道那些是要重建，還是就以那樣的方式中止。雜草長得很高，可以意識到時間的流逝。那些被切開的部分，將裡面生活的細節，都展示在外面。好像時間也被切開來，一切復歸於靜寂。

她夜晚八、九點在街上走，幾乎每家關上的鐵門縫隙，都有光亮漏出來，那些與母親在看的同一台八點檔演員聲音漏出來。有時無關假日，也會有那樣高低音都無能為力，家庭式伴唱卡拉ＯＫ的破音、尖聲或粗嗓，突然從某扇門裡衝出來嚇人一跳。

整條街上很少行人在走，只有幾輛汽車呼嘯而過。有時會覺得燈光熄滅得太多了，表面看來一片死寂。然而，大家其實還是在自家門內熱絡活動著。青少女時期，朦朧玉曾經對於這種整齊劃一的行為模式與休息時間，感到十分的困惑。現在住久了就可以理解——當你們住在馬路邊，每道出入口都向著馬路。大部分住家一樓的結構安排，都失去了玄關的多少遮掩。幾乎一進門就是飯桌座位與配置著電視機的客廳。依品味的塑成與資源，或計算過後有所餘錢，那些朝向電視機的椅子，有的是皮質或布質沙發，有的是木製摺疊椅，而她們家就是周六夜市買來的幾張桃紅色、草綠色塑膠椅。來串門的鄰居與不認識的路人，都可以從這敞開的大門，知道你們所有日常的選擇。

這樣的敞開，的確會讓人身心倦疲。時間一到，早早關閉。

所以，她也不知道這裡算不算是座安靜的城鎮，只因人們實在太常傳遞著過度而重複的瑣事，以一種十分篤定的語氣。

有那麼一晚，朦朧玉難得比母親更早洗浴，所以由她關上浴室旁邊，通往後院的門。原來門上裝設的是一大片厚重的玻璃，某一年因大風過來，忽地強硬磕碰而碎裂，家裡就換成了半透明的塑膠板。

後院鐵皮屋頂也總在雨天漏水，在四處破洞的鐵皮上面，又鋪上一層塑膠布，才稍見成效。但母親總擔心這塊已經腐朽的東西，有一天會在她到後院曬晾衣服時，突然塌下來。先請鄰居介紹的師傅來報價，回報竟然快要十八萬，所以母親還在衡量，是否要先換掉那台有些按鈕功能已無法使用，脫水時會劇烈搖晃，幾乎直到街尾都可以聽見她們家洗衣聲響的洗衣機。

洗完澡後，朦朧玉想要關上後門，就是順手一帶，卻動作得卡卡。她才看到門邊，勾掛著一團巨大的紅白塑膠袋。飽脹得鼓鼓的，裡頭塞滿了各色的塑膠袋。她得把那團塑膠袋，往更旁邊移動一點位置，在手腕多施點力氣，才能把後門整個關好，喇叭鎖鎖上。她很熟悉這些收集，畢竟門後也有一大團塑膠袋，經年累月地勾掛在那裡。

聽母親說過她的分類：門邊是乾淨的，大概就是原先裝載的物品，是另有外邊包裝，沒有直接與袋內接觸。可以當成保鮮膜，將沒吃完的菜餚，連帶盤子一併收納，打個活結，冰進冰箱裡去；門後則是稍微有些髒汙的，可能有些殘留葉菜土或雞豬肉油，用來替換洗手間裡的垃圾桶。

母親大概只有去到大型量販店，才有自帶環保袋的習慣。因為那些塑膠袋需要額外收取銅板費用；而現在這些，就是她一周幾次，到離她們家約十幾棟房子距離的傳統市場，一次次提掛在手上，攜帶回來的。

母親不是很常更換手邊的東西。例如說，朦朧玉從沒見過她頻繁更換過什麼包包。她出門時所攜帶的，總是那個大約半條土司大小，咖啡色皮質的隨身小包。母親在打開後找尋、在手心分辨零錢時，朦朧玉曾看過，裡頭的兩三個夾層裡，放置著母親所有的身分證明卡片；還有不知何時，不小心過度拉扯，包裝袋與內容物快要散開來，只剩下幾張還頑強留存在包裝袋裡的面紙，更多直接遺漏在包裝袋之外，在母親的包包裡閒置，但隨時大方的提供。雖是沒有使用過的面紙，卻已有了僵硬而些許發黃的歷史。

因此，這麼多年來，朦朧玉似乎未曾察覺，沒有多加關注，這兩團塑膠袋裡的塑膠袋，有稍微減少的跡象。但她記得至少不是現在這樣整大坨，占據門後掛勾、這扇門邊，與一部分廚房空間的程度。

她注意到這件事的同時，重新在廚房四處張望。流理台上方的層架，在母親自製的幾個鐵絲掛勾上，也勾滿了那些曾經一併綁在裝著豆腐或熱湯熱麵，那種透明塑膠袋上的紅色塑膠繩；以及便當盒上大多紅黃綠顏色的橡皮筋，同樣勾得滿滿當當。

母親也是不願意任何人移動她物品專屬位置的那種性格。比方說，朦朧玉晚上煮泡麵時，覺得剛買回來的廚房剪刀，因為交叉處那多餘的造形，沒有辦法如菜刀般，平平穩穩，直接插進壁掛架上的洞口，看起來有點歪倒而微顫顫，為了預防危險發生，就先移到旁邊的另一個層架。但朦朧玉隔日睡到中午起床，發現那把剪刀，又被移回原來的位置去了。

母親總有自己的傾向，朦朧玉也總摸不著頭緒。到底為何總把異質的東西放置一起？再比方說，朦朧玉有時會在洗好，沒有倒扣，放置在流理台旁，大大小小重重疊疊的湯鍋裡，發現一兩枚塑膠袋就塞在鍋子中間；也看過母親將手上擦拭桌面的抹布，順手就拿來，在水龍頭底下，就著水流抹洗鍋子或湯碗；另一次，母親購買了不知廠牌的便宜洗碗精，洗過幾次，卻發現味道過於強烈刺鼻，朦朧玉提出建議，可以用來洗刷地板，後來發現母親打算用來洗滌衣服。

朦朧玉自己也沒有什麼根據，只是覺得用來洗潔的物品差異太大，遂以東西會以不同的功能被創造、發明出來為理由，企圖阻止母親。而母親對她說：「還不是都一樣。」

母親大概有她的堅持吧。她不會騎腳踏車，不會騎摩托車，不會開車，出趟遠門只能仰賴公車。沒有攜帶手機，她說不需要，也不想學，拒絕朦朧玉買給自己。當家用電話響了，母親就會小跑步去接。因為除了特定時間的選舉行銷、政策宣傳、問卷調查，詐騙與打錯的電話，是隨機指向這個家的任何一個人之外，這支號碼只專屬於母親。所以，朦朧玉總會笑說，妳的行動電話又響了。

朦朧玉以前時常提醒母親，就算只去附近的傳統市場採購生鮮蔬果或肉品，最好記得帶上她為母親買的菜籃小拖車。她知道，有時母親會走到更遠一點的大型超市，購買罐頭、家庭號沙拉油或醬油。兩隻手提著，掛在前臂，那滿當當塑膠袋，走一大段路，手臂後來常常不行。有過拉傷的經驗。她教過母親，只要把拖車拿出來，打開，就這樣兩步驟。母親卻總說：「那不方便啦。」每當她回家，看到那台摺疊小拖車，依舊被塞在桌下同一個位置長灰塵，也不再說什麼了。

回到家的周末，剩不多的休息時間，總非常疲累，十次裡有九次，朦朧玉會跟母親說：就別喚醒我，我不一起吃中餐了，打算睡到下午。

那天，同樣下午起床，昏昏沉沉，她走出房間，下樓，在飲水機前接著白開水。從那個方向，她看過去，母親正坐在客廳的塑膠椅子上，目不轉睛地看著電視機。她沒有直接回房間，拿著水杯，走了過去，坐了下來，陪母親看了一會。

那是個叫做什麼寶島或什麼黃昏的節目，一對叫做類似阿榮或小琪這種親近名字的中年男女主持人，穿著一般的休閒服裝，坐在像是主播台的棚內景。

不知母親是否從中得到娛樂。只是朦朧玉實在沒有弄清楚，這個節目到底屬於什麼性質？只見兩位主持人，帶著那種熟悉的台語腔調，以台灣國語播報。大抵不是常見的新聞報導，那種知識性與秩序性的節奏；而是以他們自己的方式，重新講解、演繹了一下這周熱門新聞的內容，提出他們各自的意見，一邊鬥嘴，一邊提及家中的瑣事，或穿插周圍發生的趣事。也接聽一般民眾來電。

有幾次，傳送出來的聲音沙沙響著，幾個頻道同時作用，聽不清來電的對方說著什麼。主持人總需要大聲提醒：「大哥大姊，請把電話拿遠一點，或把電視聲音關掉嘿。」

大約高中時期，朦朧玉搭著來往市區的鄉鎮公車上下學，有些司機全車放送的電台廣播，類似的談話內容，就像這樣，直接移轉到電視台上。依舊是所謂的話家常、談私事，抑或只是來電，替現實生活裡真的熟識的主持人加油打氣。大量的言語，以如此含糊不清的語意。然而，所有人似乎毫無所謂，沒有太大反應地，讓這段共同經歷的時刻，就這樣自然地且總是帶著歡快的氛圍，流轉過去。

接著，在下一個節目橋段，男女主持人拿起了麥克風，各自演唱，也有對唱。跑馬燈下方跑著，感謝來賓的點播，列出台灣某地某姓先生或小姐。呈現的歌詞上方，有著色彩或小圓點，指示現在可以跟唱的位置。就像到KTV包廂唱歌時，螢幕附上的伴唱帶字幕動態那樣。

他們演唱時的背景畫面，則與歌曲本身完全無關。在大草原、大沙漠、大瀑布，這些壯觀的景色之間轉換。人物被嵌在最前面，與背景分裂而疏離。而主持人會在間奏時，對誰喊話：「這首剛學的，唱得不好，不要太計較嘿。」

她們家的客廳，流出不認識之人的，聽起來稍微坑疤，不大專業的歌聲。朦朧玉重新回想，多個假日下午，她都在一定的距離之外，在飲水機前喝著水，看著母親坐在那裡。她並不知道，母親在看著這樣的節目，也不知道有這樣奇妙編排的內容存在。她總以為，大概就是母親在假日晚上固定觀看的歌唱比賽之類。有時，母親會跟著哼唱，想必是遇到熟悉的歌。若是不熟悉，偶爾母親便會說，「怎麼這麼難聽」，然後轉台，直到對另一台的內容也不滿意，再轉回來。

母親總會對她傳述，那些放送過的近日新聞。轉達的口吻，像極了某種民間消息，簡短透露出某種碎片化的引述。朦朧玉的意思，不是因為用詞的淺易與平凡，不是那種正規或小道之別。而是裡面已經摻雜著許多消化過的他人情緒，以及過多的主觀氣息，如今，她可以猜想大約是從何而來了。

母親的老家，其實就在這條街的另一邊，就在那所謂的「上方」。外公早逝，晚年失智的外婆過世之後，除了母親之外，她的幾個兄弟姊妹各自婚嫁，組織家庭，早已不在這座城鎮居住，遂共同決議將房子賣掉。

門外有一樹九重葛，依然按著季節開花，只是桃紅點綴得稀稀落落，分枝看來變得瘦弱，像是無力地倚靠在牆邊。朦朧玉小時候到外婆家看望她，總以為那是這條街上最繁盛、鮮豔的植物。

某個周六夜晚，朦朧玉與母親相約來去踅夜市，她們走在馬路的另一邊，經過那間老厝。那天，母親突然指著那棟房子，告訴她，「我的家已經沒有了。」她們賣掉的那間老厝，不知是再次轉售或出租，現在已經變成了一間便當店。

因此，朦朧玉想起來，就母親自己曾說出口的，就她所知道的是，母親在進入婚姻狀態之後，除了年輕時有過一段日子，與父親短暫搬離，在他鄉從事勞動工作。其後，因故回返家鄉，就這樣一直住在同一條街上。就這樣過起同一種生活。而瑣碎日常，一併消化在這些共食的晚餐裡。

是不是我們在世上所做的所有事，就是這樣，毫無疑問地，成為了我們的存在？有時像個生活的保護罩；有時，卻更像是難以被磨損、消耗掉的過度囤積。

朦朧玉心裡，有了一種被過量的塑膠袋，占據塞滿的感覺。曾經的東西，與未來的東西，全混到了一起。對她來說，這些不是剛剛好的東西。她也不是在祈求那種，完全不可能的東西。

不是太過貪婪。終於離開這裡的理由，不過是，想從最基礎的經濟貧窮裡，尋求可能剝離的方式。然而，渴望過上另一種生活，卻如同起造另一幢建物一樣地艱難。所有的人好像被留置、擺放在那裡。宛如有所警覺，或沒有警覺的，誰也不能走。誰也不能再離開這裡。

性別、階級，外在種種，離開這些，真的太難。也或許，只有這個分類架構傷害到自己，所以她一直在意。

她坐在母親身邊，想著或許多餘的這些與那些，想著，要在這個節目結束之後，問問她的母親：「妳今天一整天，都做了什麼呢？」

手搖飲

珊瑚橘最害怕萬事萬物一成不變。每每超商推出新飲品時，她總是那個頭先買下，做出內心評價的人。她沒有什麼品牌忠誠度。嘗新，是她疲倦的下班時間，唯一的樂趣。

她與辦公室同事的情感連結，也只是每天中午一杯手搖飲。先當好同事，磁場相近，話語能行之後，再繼續看看，是她勞動時的交際原則。公事就在那個範圍裡公辦，就她的經驗來說，會是最俐落、最脆弱，卻也最好整理完畢的人情關係。若有不請自來的偽裝熟悉，牽扯進不必要的過剩意義，她就只能在工作時間內，展現出一種尷尬卻不失禮貌的微笑。

而這只是因為她，並不想輕浮理解他人的難處。在這樣一個已經受到自身限制的地方。

珊瑚橘覺得自己的前半生，確定被困鎖在一個永遠出不去的環境裡，後半生也拖帶著這樣的訊息，既然如此，其他選擇就要能隨性而自由。一旦又有困住了的感覺，她就會從一份職業或一個地方登出。用一種更單純的方式，離開這個系統或結構。

這週期她自己統計過，大約是三年就會抵達某種緊繃的境地。於是，那些可以作主的選擇，無論有多微小，就是她人生裡面最珍貴的東西。

所以，她喜愛將那些客製化的，奶茶、綠茶、青茶、紅茶、鮮奶茶、烏龍茶、水果茶，將大粉圓、小珍珠、西米露、粉條、芋頭、布丁、奶霜，將純粹的茶飲、額外付錢加料的、半半混搭著的都喝遍。所有看似荒唐的最終結果，幾乎都是：嘛～還算可以。

唯一不變的疏懶，是她夏天半糖去冰，冬天半糖熱飲。不是什麼黃金比例，只是為了後方排隊的人潮，快速梳理，不想調整的口頭習慣。總歸一句，在這些變化裡，也有始終沒有改變的東西。算是為她實際上沒什麼過度起伏的情感定了調。

決心從做了三年的前公司辭職後，因故暫停尋找同類型工作，休息一陣子，她選擇搬回鄉下老家去。如果想繼續在大城市、大都會待下來，很快就會因為各種開銷，而把存簿裡始終不多，幾乎月光的金額都用盡。

久違地打開了人力銀行網頁，只是先按下所在地區搜尋，不論是數字104、1111或518，極大部分都是一些關於貨車司機、房務整理、技術員、作業員、接待員、社工師的職缺。特別是在這座鄉鎮，清清楚楚、沒有曖昧地，變成觀光區後。因為新的人類慾望、新建的遊樂館舍，運輸、行銷、清潔、修護，這些有著專業性質的勞動工作。

十年前珊瑚橘能做的職業選擇，就是十年後能做的職業選擇——不是她願不願意的心態，是有沒有此技能的問題。無非還是補習班、課輔班、安親班，高中、國中、小學，年齡分類越來越低，以各種名義，表面輔助、實際照護，那些私有商業機構的基礎教育與陪伴工作。

剛開始，她也曾功利的思考：如果十年之後，只是為了做跟十年前一模一樣的工作，那麼這些年離開小鎮，拚命努力，也拓展了不同的職業類型，究竟是為了什麼？但她上網查詢了，當初在大城市能存錢吃飯的工作項目，在這座小鎮的職缺呈示，在網頁上，卻是個理直氣壯又毫無疑問的，完全零。

為了再一次在這裡生活下去，她的生存底線就只是這樣而已。宛如在返鄉的途中，一併攜帶著年初猝逝友人的一種命運而活下去。她只能仰賴著這些關於生命的困惑，試著繼續自己的人生。

珊瑚橘像十年前一樣，不限於某種職務類別，只要她覺得自己能做，不管什麼勞動職位，統統送出履歷。十年異地的經驗累積，在重新回到這個小鎮之後，彷彿被完全抹去。如此景況，讓珊瑚橘彷彿都沒有改變，抑或，看起來沒有試著去改變。轉了一圈，繞了長路，又重新回到過去的自己、過去的生活圈圈裡。

雖然說，也不是每天都有新的害怕、恐懼、驚動，這些不一樣的情感體現。這一切依然只是日常。

她這樣想：如果人類發明兩個相近的詞彙，以形容表面模樣類似的一件事，那隱含的意指會否是：這些事物，畢竟還是存有些許微妙的差異？

否則，不會需要那樣不同的兩個同義詞，去指稱人類內在情感的一模一樣。

然而，她現在就只能用「害怕」，形容自己回鄉之後，每日每夜的心情。她怕命運有一種堅固的意志，要她永恆地擠塞在這個隨著時間縮小的囊袋裡。倘若連這個表示害怕的辭彙，都只能一成不變。也許心裡的恨意，漸漸會比害怕更多，詞彙也會因此更替成「憎惡」吧。

有天，她的電郵信箱終於發來了一封面試信。是一家老宅改建的文青咖啡館，開在縣內，她曾跨了兩個鎮去就讀的升學高中附近。高中畢業之後，她就不曾回到那一區，日常遊樂也太過遠距離，但找工作的時候，這樣的距離還算可以。

文青咖啡館對外展示的網上照片裡，室內室外種植許多盆栽植物。鐵窗上掛著垂吊的常綠多肉。花瀑的擺置方式，幾乎要遮掩住那些重新油漆成白色，結構在中間的窗花。這些也許就是這間咖啡館特意標示出來的賣點。好似要營造一個沒有壓力的空間。但太明確、太精緻、太像擺拍了。

彷彿就是使用一些置在高處的東西，好好的成立幻象與實踐幻想，然後，讓人能夠比較優雅地活下去。

網頁上介紹，這間咖啡館是兩位年輕男子的初次創業。去過的網友給了平均四顆半星的評價。大半是對環境的讚美，少部分是餐點。

她的確往那裡丟了履歷，回應的時間久到自己都不是很記得。收到回信只是覺得，那大概就是一種選擇的資格。活在世上也不過這樣，沒什麼。而她自己能夠做的選擇是，就算現在成為一個領著時薪的工讀生，好像也不是不可以。

面試的那天，珊瑚橘提早了一個小時，先過去確認店面的位址到底在哪裡。比起線上地圖，實際走過的道路，總是增加許多沒有記錄下來的其他建築、花木、街燈。她又總是在突然打掉裝潢、結束營業，或感覺突然長出來的那些店面、物件與小攤之間，毫無意外地迷了路。所以，已經習慣事先用網上的街景模式，模擬的走過一遍。

終於找到跟網頁上一樣那種舊宅樣式，但重新粉刷成藍色帶黑色直條紋的大門。房子在某條巷口轉進去，靠近馬路邊，鄰戶就是一般住家。從灰色牆磚的縫隙，往內探看，留有一塊很小的戶外空間，放了一兩張白色鑄鐵椅子。

那天是店休。她徘徊了一陣。約定的時間尚早，暑氣悶熱得讓她無處可躲，外頭沒有任何遮蔭處，連一絲樹影都沒有。遂決定先到剛剛探著路走過來時發現的，另一條馬路上的另一間咖啡館，小憩一下。百元價格的一杯飲品，對珊瑚橘來說，都需要精打細算，除非被選為聚會的地點，否則平日她是極少大方走進去的。

約在午後，約好的時間超過十分鐘，卻不見任何人影。她打了通電話給約面試的經營者。沒有人接通。在烈日下又多等了一會。然後，看到揹著帆布袋側背包的年輕男子，徐徐走了過來。她先向對方點頭致意，男子沒有表達，也沒有說話，逕自的開了大門，之後才示意她跟進來。

男子倒了杯水，放在小桌上，請她坐下來後，流程式地談了咖啡館的願景與未來可能的業務，問了一些線上履歷表都填寫過了的基本問題。

大概是最後一道題，男子用希望一切盡快結束的語氣，問她：「我們這邊的工讀生，年紀都很小，有的才高中，學得很快，妳覺得自己這樣，可以和他們處得來嗎？」雖然珊瑚橘說沒有問題，但低頭看著自己放在包包上，列印出來，原先要遞給男子，卻被拒絕說他已經看過了的紙本履歷表，種種資料已經很誠實的寫在那裡。

如果年齡在這裡，是個先決的大問題，其實大可不必讓她過來，花上雙方的各種成本與力氣。

「他問那這樣妳可不可以，我覺得可以，最後決定我可不可以的，卻不可以是我。」

她看著小桌上玻璃杯裡的水光。她看著男子的眼睛，已經知道他不覺得可以。

回程路上，經過手搖飲店。珊瑚橘瞥見店鋪上方掛著小小電視機，播送出來的世界新聞。H地的青少女只是穿著黑衣，與哥哥準備買一杯手搖飲，就從隊伍裡被拉出來。執法者用膝蓋頭到小腿骨，壓在少女的脖子與脊椎。一閃而過的畫面裡，少女的半邊臉摩擦著地面。

「權力與倫理，難道也有客製化嗎？」她思考著。在那些被社會定義，日漸被縮減的選項裡，能否保有自己真正的想法與心意？

而抵禦命運，或者選擇自由，原來就不應該是個二選一的問題。但她看著這些異地的新聞，此刻此刻，珊瑚橘感覺到恨意。世界常常就是這樣傾斜過去。

藥妝店

緋紅一直覺得，自己在跟生來便不甚討喜，後來也沒有出落得更精采的這張臉對抗。大約是到四十歲前半，她發現自己沒有多附帶什麼人格魅力，或許因為欠可愛，所以，從來沒有人附加地說過她「好看」。但總有不贊同這樣稱讚她的人，心裡可能會想：如此審美觀，在這個世界上，大概無枝可棲。

新生嬰兒剛從產道滑出的時候，臉孔與肢體的皮膚，幾乎都是皺巴巴。宛如電影裡時間逆向、外貌倒轉的老年班傑明。握緊拳頭。哭聲宏亮。宣告他們又飢又渴，那麼奮力直到全身通紅。

事實上身為獨生女的她，沒見過其他剛出生的嬰兒。只透過學校作為性教育的紀錄片，見過那毫不掩飾的生產畫面。因此以為每個裸體新生兒，大抵上都帶著差不多的長相。

每個孩子，都是以一種還沒完全長開的微微乾癟，來到這個世界上。沒有一個能例外。在那時，倘若一位成人能去區別，抑或，刻意區別一個孩子當下與未來的美醜，本身就是極荒謬的狀況。

緋紅是這樣理解所有的新生兒，也是這樣理解所有的舊生命的。

她對於自身最初的審美，無可避免地來自於母親。而這樣的審美認知，卻又先源自母親之於祖母所遭逢的受難經歷。

緋紅他們一家，就住在祖父母的鄉下房子裡。父母締結婚姻之後，短住過一陣子。嘗試搬離一陣子。重新住進去之後，直到緋紅成年，直到現在，都沒有再搬離。

緋紅沒有問過，這房子是不是父輩那邊所謂的「起家厝」。只知道父親在五個兄弟姊妹裡排行第三，就母親的主觀觀點而言，是其中「最沒有出息的」。

父親那邊的兄弟姊妹，在一九七〇年代前後，統統遷移到台北城，並在那裡買下自己的房產，生養自己的小孩，正式成為台北人。母親在提到他們時，總習慣口頭與心裡化群說「他們台北人」。而以母親的說法，只有父親總是，如台語俗諺所說「一年換二十四個頭家」，又帶著莫名傲氣，時常與人爭執。然而，他最高的學歷是小學畢業，怎麼翻來覆去，內容不一樣，類別卻相同，還是只能選擇相似的勞動工作。每一項都無法做得長久，因此只能收穫少量的報酬，以及身邊人不多的認可。

緋紅在台北的醫院出生後，母親帶過一會，她猜想，大概到了她完全斷奶或可以走路的階段，然後，就不時地被寄養在祖父母那裡。總之，她記得，學齡前，她在台北讀了第一間幼兒園。父母則一起轉換到南邊的城市，在大工廠裡工作。

祖父母台北的家裡，一起居住著到了當時適婚年齡，還沒有結婚的老么叔叔。在她的印象裡，那個叔叔不跟她說話，總是一臉嚴肅，長著滿臉凹凸的青春瘡痘。那樣稚齡幼小的她，卻保有這樣的記憶：祖母總是不時地用話語挑剔他的臉，抱怨為何他看了那麼多醫生，卻不見一絲成效。他不答話，躲進了自己的房間。

或許因獨自一人，寄人籬下，知道了所有事情不能從己願，挑食的緋紅，也會勉強自己，囫圇吞下所有被祖母指定，但她其實不會主動夾取的菜餚。變得很會看人臉色的她，卻讀不到叔叔真實的臉孔，只是仍然有所感覺，對於這個突然來到的，別家的幼童，他並不歡迎，不想熟悉，也不喜歡。

後來，父母大概經歷了許多她所不知道的挫敗。一個地方不行又換另一個地方。她跟過去父母身邊，在南邊城市讀了第二間幼兒園。最後，從南邊回到北邊，又從台北城完全撤退，緋紅一併被帶到鄉下去，讀了第三間幼兒園。

緋紅上高中之際，祖父母進入了老年期。聽說比以前更常起爭執。吵得火爆起來的時候，會不管不顧地互相扔擲椅子。

某次或許過於嚴重，恨意宣洩出來之後，彼此將時間延長，不再有暫時恢復原狀的彈性。祖父依然堅守在台北的房子裡，跟叔叔住一起；祖母則開始輪流到子女的住所居住。原先範圍只在台北，畢竟已是生活了半輩子的熟悉之地。然而，每個家庭，都有各自經歷一段很長時間，彼此容忍或累積起來的規則與毛病，大概也已不想重新熟悉或再次忍受，另一個人從別的地方攜帶來的這些那些。

當產生了一條導火線，祖母就會自己將火點燃得更旺盛，再換另一個地方。然後，對新地方的人們，抱怨前一個地方的人們，是如何惡待自己。所有台北子女及其伴侶，被說成惡人家庭之後，祖母只剩鄉下這棟屬於她的房子可以過來。

母親與祖母，大多在煮食東西與吃食東西上，假裝隱忍。祖母用完餐，午後走到以前相熟的鄰人家閒聊，總向他們告狀，說母親不給她吃東西，「我都快餓死」。那幾個鄰人為祖母抱不平，從家中搜出許多零食給她。後來這些碎嘴耳語，演變成其他鄰人登門的質問與指謫。極重傳統觀念的母親，心底最在乎這些傳聞，有人向她探聽真相時，總委屈得要死，又不敢直接攤牌。

到祖母逝去多年後，回過頭來看，大概可以明白那時她已有微微失智的狀況。若祖母一時將物品遺忘在某處，就會覺得必定是有人竊走。竊走的人必定是她身邊的人。

住在一起之後，這些微小誤解層層疊疊，母親也開始趁祖母不在時，向來訪的鄰人說起，自己作為媳婦的為難，所遭受的不平對待。

緋紅遂變成一份怨氣的話頭。

母親告訴那鄰人，緋紅出生當時，祖母到醫院去，只看了這新生兒一眼，便嫌棄她生得鼻塌嘴闊，「就像你們那邊的長相」，祖母對母親說。「醜的都像我們，水的都像他們。」母親在家門口，向鄰人說得大聲。而緋紅就坐在大廳裡，看著電視。

緋紅記得這件事，更小的時候她就聽母親說過。只是因為與祖母的物理距離過近，面對面的衝突增多，母親遂說得比以往更頻繁了。甚至在如此多年之後，母親仍會說起同一件事，宛如自我辯解。緋紅那時才明白，大概有什麼東西，沒有在母親心裡真的解消吧。

也因此，母親生起氣來時，總會說：「你們一家，真的很像。」被婆婆暗指長得不甚好看的怒氣，母親重新向緋紅投擲。

因緋紅被交集在，這兩種「你們」裡面。無論「生出」或「出生」，從一個子宮孕育，自一條產道滑出，這分屬於母女兩人的同一件事，彷彿自始自終，毫無喜悅。

她一開始，只能學著將自己的耳朵關起來。好像把所有向外知覺的能力都丟棄般，故意不去意會背後的意義。母親那帶貶抑的高尖聲音，往後每每在緋紅遭受差別待遇，只能循依著這個世界的邏輯時，重新刺穿進她的心裡。

緋紅從小到大，有過幾次，被人當面說是「醜女」。現在想來，她其實對這些嘲弄的話語，一點一滴記得很清楚。有時不免也會起心動念：難道是出生那時，她就選擇了困難模式。此後的所有選擇與結果，都要因為這個身體而受限？

世界上總有把這些當成笑話在講的人。而她不知道什麼時候會發生，什麼時候會因為這外貌或附帶的不安性格，莫名使人不快。

中學開始，班上同學總喜歡開著劣質玩笑，依著外貌、身材對人取綽號。幾個女孩被叫成「河馬」、「恐龍」、「粉紅豬」，更甚者被喊成「山頂洞人」、「北京猿人」。她也被取了難聽而不想回憶的綽號。

有些人不那麼直接，卻是話中有話。比方說，「為什麼同一個姿勢動作，妳與那個誰（公認美人），做起來差那麼多？」或被以「雖然……但是」造句安慰，例如：「雖然妳長得不好看，但是妳做事很認真」；也有被說與緋紅某個角度看起來「有點像」之後，突然發起脾氣來的女孩。

這不是她的問題，她知道，但她好像被這件事緊緊束縛住。所以時常感覺，周遭已經沒有什麼足夠好笑的事物存在了。所有被視為偽物的、模仿的，常有無人知曉的寂寞。只有在社交場合，能勉勉強強擠出一點職業笑容。然而，當緋紅沒有表情的時候，看起來就像是一張哭喪的臉。

一直到研究所二年級，與同學Y成了室友之後，才開始變得不大一樣。

她倆成為室友的前因在，當時起建好的宿舍房間數不足，學校統一規定：研究所學生，第一學年得先在外租屋。緋紅與Y分別在第一學年末，登記申請了宿舍，打算從高租金的外邊，搬進學校裡頭。

抽中宿舍的人，學號同時公告在網頁上，但她們都不知道，行政程序會再寄一封電郵，到他們考上研究所時，由學校分發提供的那種舊式電郵地址去，但因他們已有自己正在使用的電郵，所以從未登入過。那封電郵裡告知：中了籤的學生，要再多一個步驟，加以登記處置，才算是確認要入住。

已經過了必須確定的期限，緋紅才從別人那裡，聽說了這件事。她趕緊前去行政辦公區，說明原由以為補救。

此事由一位看來資深的女士承辦，不知當日是否心情不佳，那女士對緋紅極為不耐，告訴她，原先抽到的兩人房已經沒有了，整棟宿舍只剩三人房可以登記，要或不要隨便她。

緋紅以為抽中宿舍後，到租屋期限前沒有再辦續租，沒有其他可行方法。即便，她本來就因不想在住宿日常裡，多負擔一個陌生人的生活習慣，才申請了兩人房，如今也只能照規定同意。

隔幾日，她在路上遇見Ｙ。聊起來，才知道Ｙ也申請了宿舍，但同緋紅一樣不知道程序。她趕緊催促Ｙ前去辦理。由同一位女性協助，Ｙ卻住進了同棟比她高一樓層的兩人房。

大約住了一個月，原先與Ｙ同住的另一位研究所同學，決定休學，清空房間。而緋紅再也受不了三人房內的其中一位室友，每晚大力敲擊鍵盤，打著電玩遊戲。又時常不經同意，亂動他人物品。甚至，將自己未開封的紙箱，擴張到幾乎不來住房的另位室友的所屬區塊。彷彿整間房間，都成了那位室友一人的領地。與Y商議之後，遂打算搬去與她同住。

因為申請更換房間，得再跑一次行政流程。緋紅填寫完資料後，重新說明緣由；說明她要與Y同住的那房間，現在空出了一個床位。那承辦的資深女士，卻莫名微怒：「我們這邊都不知道的事，妳怎麼會知道？」

不是第一次了，緋紅舒緩了一下，然後回答：「因為休學的那位，也是我同學。」

她先確定自己沒犯錯，小心翼翼地維持客氣與禮儀，不想增添額外麻煩，卻總走偏結局。然而，之於他人的想法，他人對於自己的態度，緋紅怎麼也找不出，其他更妥切合理的原因。想破了頭，也無法猜測那中間過程「到底怎麼了？」

這些她無從明白的，可能導致了她對自己的傷心。最後只能歸於一種模糊的理解：或許是她那想要謹慎一點的臉，看起來就是不夠友善。而對他人來說，不起眼，比起不入眼，到底還是有所分別。

攜帶著一身閨秀氣質的Y，在出門上課之前，會花至少一個小時裝扮。用電捲棒捲好一頭快到腰際的長髮。化好淡妝。在後頸與手腕上抹撒香水。下課後，晚飯前，Y總利用這些零碎時間，經常找緋紅一起逛逛學校附近的藥妝店。

有時，經濟較寬裕的Y，會騎著機車，載著緋紅，到市區裡的百貨公司，購買那些新發售的，專櫃裡的貨品。

對緋紅每日素著一張臉，Y其實並不在意，也不過多干涉。只是有一次心血來潮，看著緋紅說，「妳皮膚那麼白皙，或許很適合化妝。」於是，經過緋紅同意，Y開始從自己的化妝包裡，挑選工具，替她化妝，畫好前沒讓緋紅照過一次鏡子。

妝容全部完成後，Y遞來一支手拿鏡，緋紅注視著鏡子裡的她的臉，雖沒表現太多動靜，但內心著實嚇了一跳。在她那略顯豐厚的兩片嘴唇上，塗滿了正紅色的唇膏。

Y似乎還算滿意，緋紅卻不敢說「好看」，那既不是稱讚Y的手藝，也不是稱讚自己面孔的最佳詞彙。緋紅下意識地將鏡子翻面，舉起來，想要遮掩這張，紅唇的視覺印象太過集中，對比之後更顯蒼白的臉。

然而，與此同時，緋紅也感到有點興味：那些顏色，怎麼能就這樣改變了她原來的一張臉。她開始跟著Y，在藥妝店，購買開架那些較專櫃價位便宜極多的化妝品。先嘗試了基礎色、大地色，然後，從自己比較適合的顏色裡延伸，嘗試起不同的色彩。用那些化妝工具，輕輕撲打在自己的臉頰。如粉刷刷上睫毛、眼皮、嘴唇。手法漸漸熟練，宛如畫畫一般，緋紅喜歡上了化妝這件事。購買的品項越來越多，學會分辨，也學會了挑選。她發現原來，這些可以是某種她能夠掌握的，自己給自己的選擇。

某一次，緋紅在化妝時想起，自己曾在電視上，看到一則被添加了趣味性的新聞報導，大意是說：某警察藉由一間藥妝店的購物足跡，因此找到了一位帶著女兒離家，失蹤十多年的女性。一切只因警察妻子一句話：「女人離不開藥妝店」，給了他靈感。這樣的意見雖非全貌，但部分的代表，或許還是有效。

二十歲後半進入職場，換了幾次工作後，緋紅就在同一個地方待到三十後半。新來的同事裡，有一位自來熟的女孩，不知是故意，或神經線不夠敏感纖細、沒多想，一有機會，總喜歡突然穿插緋紅的年紀與外貌，當作話題裡的談笑哏。不嚴重，算輕微，但已經很多次。緋紅原來不想理會，也不想在意。只是當這些一次又一次被隨意拿取，再轉成一種眾人間的談資材料，次數多了她也難免想要反擊。

有那麼一次聚餐，平常只是讓這些過去的她，出了聲，禮貌地制止：「其實可以不用一直說」，卻因此驚動了周遭的人。輕鬆的氛圍悄悄改變。

她看著他們尷尬的臉，心裡想，「啊原來我只是假裝不在意。可是，話說回來，我又為何要為自己真的在意而致歉？」

她繼續用餐。就只看著自己的眼前。不管有沒有人看她。不管她現在起不起眼，好不好看。

喪屍也會感覺搖晃嗎

金星不大愛所有必須與人爭輸贏的競賽。她將在超商影印出來的稿件放進信封，預備前去郵局，寄送到競賽地址時，顯得有點猶豫不決。彷彿預視了自己即將到來的絕對傷心——擔憂自己所創造出的訊息，會不會無法指向遠方，而是抵達另一個荒涼的地方？這條路顯得很長很長。難以毫不介懷，心裡承諾自己：「這是最後一次了。」

她知道自己對許多事情的欠負，她的人生債務；也明白終究不夠聰明，很希望能夠結束長期這樣不健康的仰賴，或在這條寫作路上活得鬆弛些，不會再需要咬牙守住什麼，再為這些事情流淚。

金星在意的是人的複數性，但這種人與人之間，你來我往的互相競賽，就意味著參與了某種形式上的贊同：同意所有獨一無二、困難複製的東西，被放進較相似的標準模型裡。世間事對她而言，宛若常常走到一種另類的，每人心知肚明，各有不同定義的「人與人的連結」，又不禁去追求每種預知記事可能有的戲劇性轉折。

她並不是因為這些複雜的人類活動，引起了些微感傷。是明知如此，依然投入爭奪這些後續可能帶來資源與效應的最熱烈活動，卻永不可能輕率的臣服或安心的僭越。

於是，那年八月開始的奧運，她只從新聞媒體得知最後的比數結果，從來沒有開啟頻道追蹤與觀賽。當時旁人若知曉，或許會驚呼，對此她怎麼可以沒有太多的感覺？但她有感覺的是，那些公開照片裡所披露的場景，運動員背後，在地面或牆上標示著前一年應該開幕，因疫情延遲一年的「東京奧運二〇二〇」，卻出現在二〇二一的那一年。

時間之描繪正確，邊界輪廓好像不盡明顯。失眠。發夢。即使這樣最為普通的譬喻，大概已足以形容這場日漸沉沒到日常深處，突然被喚醒，似醒未醒的夢遊中。

無論處在哪個地理位置，或在哪一種心理狀態，那一年八月，以集體的方式，共同支撐著這樣的概念——好像發生了一次能開啟另一種共同故事的方法。

儘管是，透過大部分悲劇，少部分喜劇的彼此交疊與互相競爭。

「突然開始又可能突然結束的故事，也會創造出另一種新奇的詮釋啊。」金星告訴自己。

可是金星這人自覺沒什麼意思。只想有最低限的情緒變化。總發現不了多餘靈光。在與他人的弱連結裡，要怎麼找到更新鮮的自己？如果她並不想承接那些高低起伏的他人心理？有些人或許喜歡，她卻不確定非得透過一種群體性的方式，才能表達自己。一個人怎麼將自己拉進群體裡，才能好好說明一個人如何是他「自己」？

儘管在閱讀的當下，他人找出了所謂的支架核心，依然無可避免於某種錯解與過度延伸；儘管在童伴時期，透過某種素樸的方式，藉由較為淺層的表面來認識自己的人，在她這段試著尋找適切的語言文字，加以訴說與表述的過程，得以回過頭來，重新「明白」自己的人，少之又少。也或許是她自己沒有機會遇見。但若要求這些「重新」，要求它成為一件與現實生活相輔相成，甚至相互加乘的事，或許也太自私。

方方面面，金星也不知道該如何說明：「我真的寫過好多次了」、「我就這樣挖出心來，寫在那裡了。」如果她是這樣誠實轉印，沒有技巧，全靠心意的寫作者。她總是有許多問題。

雖然文學與寫作，可能也是一種自作多情的連結。她也還在面對自己的困惑：那些煎熬與摩擦；那些從內部來的、從外部來的，是什麼觸動了自己？如何逃離生命的獵手，成為一種轉化或消化的成果，成為一顆心的舞台？

只是有時，她的感受總是延緩，有時無限推遲，彷彿用冰封停下來。然後告訴自己：「事情發生了。」「事情。已經。發生了。」有一些原來未知的東西，才被納入已知的範圍裡。

說是這樣說，她還是矛盾，甚至沒有意願與其他人配合，組成什麼有力氣的同盟。無論那是連結了西方星座、東方生肖或其他形而上的座標。口拙的她只能盡量謹言，也沒打算理直氣壯維護起自己的笨愚。

只是那些分類總像讓人捉住什麼不是自己造成的把柄，整個人都不好了。

金星無法成為同盟的愛好者。這是屬於她的已知。她也不想如同一本書，只被讀了一頁，就輕省圈畫出關鍵字與解釋。隨意一掬同情淚，散落無緣無故的哀傷。她想被固定且安穩的覺得有點「重要」，用這樣的方式留在某個人的生活裡。

金星以文字傳達，最終她能理解的，不過是關於自己的，重複的自我迴圈。是如此脆弱性的揭露。而寫作及其所可能的開花與結果，或者多半的凋謝，時常的碎落，然後便腐爛於土壤裡。

但這畢竟不是什麼同工不同酬，抑或不同工同酬的勞動衡量，能藉以針對某種顯著的不公平與不正義，進行接下來的抗爭計畫。

或許是過於沒有變化的想像，硬套不進已有太多變化的時間裡。即使在疫情狀況天天有所高低，又經不斷變異的那兩三年，她一樣應用了以前學會的技術，在可操作與不可操作之間，程式性地生活。活得有點像是以前的樣子。可是無論重看幾次，都不甚清楚：這就是她以前心心念念所企圖傳達的那個自己嗎？

最近，她把周遭發生過的事情重新思索了一遍，更擔心自己：會否已經陷溺在回應一個為了榮耀自身，不惜做出虛情證詞的人？許多真實被覆蓋了下去。那就像某些人的傷痕，卻需要透過一種假意的聲稱。

她不是不懂被想像力的曖昧性捉住了之後，可能產生的誤會與錯解，也可以照顧那樣想像力的盲點。但評價與誣揑，並不是同一條軸線上的東西。金星反對這樣的混淆，而那個被生事中傷的人又是自己。

她也希望一切都包裹在惡作劇般的玩笑裡，當作人生諧謔，卻無法爽快地將「自己」抽出來。彷彿是由自己選擇了不忘記。選擇不自由。

她這個人已經被決定好了。決定好是個怎麼樣的人。不由分說。她已經說過會痛。真真實實的會痛。她在努力死裡逃生。

六月飛霜。她將個人的遭殃重新整理。略去過多細節，妥善隱藏，節制好情緒，盡量與日常分離。還願意的就諒解，不願意的就由自己敘述。她知道把體內的東西放大，難免失真。放大，在這個時代，是動動兩根手指的象徵。同感也只是兩次的點按，獻上一顆愛心的符號。

這時代，能繼承下來的或許已不是正直，而是輕薄與方便。不知要怎麼面對那些過小的、私人的，他人可能視之敝屣的，對錯誤的指認與哀悼。可是她還是不想隨便模糊過去。

有時沒有辦法理解某種難處，是因為那個難處只跌落在他人身上。她理解：「理解也有其條件。」她也會意識到一種差別，也會被這些差別待遇所傷。

有天，金星偶然看見某作家這樣寫：「在悲傷的時候被惡劣對待會造成很大的傷痕。」

她看見這樣的句子，同時感到非常悲傷。真實事件就是一次性的發生。那種一次性的發生，不是永存不朽，就是永劫不復。

文字是否也能是一種短刃的答應，當有人莫名以短刃欺身向自己？當金星在現實裡留有餘地，刻意不完善的描摹，卻在觀看一部復仇電影時瑟瑟發抖，不像是恐懼，想來她還是不自覺餵養了那顆嗷嗷待哺的復仇心。或而她真的花了太多時間、太多篇幅，做徒勞的文字，回應那樣一個人。或許她早已明瞭，自己將永遠不會得到一份致歉。當那樣一個人，無法意識到所為的荒唐與加害。

她尊重另一個版本的感受與經驗，就像她也有自己的一樣。這些只是表層的、次要的原因。故事的發生原就不只存有一端，不是只有一個人可以詮釋。

然而，後方的跳崖羊群叫人真正害怕：如何錯認了別人生命的皺褶，也沒有辦法面對炙熱與冰冷共存的人，以及那些處境下的選擇。

她同時在想：怎麼做，會有某種可能，可以把那樣至高無上的獨尊敘事，加以稍微解消？因她自己就是，無法在當下做出回應。對那些難以言喻的，她總是慢。其後，便忽略不了痛苦整個的淹沒過來。

因此不會只有一次。因此只能反覆指涉同一個事件、同一個人；指涉表面美麗背後，一併產生的醜陋。無法讓那人的壞心眼直接過去。那不是指出一道只有少數人嗅聞得到的惡臭氣味；指出一段只有少數人聽聞得到的尖銳聲響，而是如何讓他們知曉這微不足道的傷心，這小事情，這讓她四分五裂的小病與小痛，就是傷害。

她就是對謊言的繁華，被當作人格魅力，進而延伸出紅利，想到日後有人跟著信仰，認定了雕琢完善的聖光聖潔需要被崇尚，不加思索地給予了讚美、花束與獎賞，而有了嚴重的偏向。無人正色告知，再也不能持平看待其他反對。之於此，再怎麼樣她都過不去。

對她來說，那才是一種隱藏其後，命運的荒謬，尊榮獨享的醜惡。

金星也會小心眼的比較一些話語，及其實際作為的差異，對於口蜜腹劍，她沒有直接說出口的是：「那這樣好了，你們自己去玩吧。」

退一萬步，經常只能轉念一想，世上許多的書寫，也時常是，創作者明知如此，依然花費許多時間，回應那些其實已經不重要的人。然後，以巨大的虧損告終。

那麼她究竟想得到什麼樣的結局？以同樣的方式咬噬對方，看著他人最終因說過的謊言變得不幸，以安服這些莫名其妙，這些由別人的謊言黏附上來的不幸？

事實證明，她也看過了許多次故事的開始與結尾。即使是一個確定受害的人，才學會喊苦，學會呼痛，還是會有人留下這樣的字句或話語：「夠了沒」、「可以停下，太膩煩了」、「不要再積累恨意」、「過去就好」。

受害的人不時因為這樣湧上來的不信任，再次曝光更細微的心思，將心裡的靜默敲出符號，莫比烏斯環帶般以求觀看者目光的黏性。這會否已經成為，關於人性與言說的，以及人與自我的永恆競賽？

金星還有更值得訴說的事物，想做一個至少前進一步的人。可是，她發覺自己對重新觸碰萬事萬物，都開始變得意興闌珊。當然也有滿足的時刻，但過後總更接近白雪落在冬日的葉瓣上。更多的是壓彎了身體，承受了重量。

能為自己找到的合適理由可能是：她已經無法心平氣和地處理這樣的傷害。她也需要回聲，但她想做的，卻是以空白的心，去度過一個同樣空白的此刻，去迎接一個可能空白的明日。一日對另一日的復刻。她想回到一個平安的現實，尋求寧靜，而非日日在界線裡自我拉扯。

金星心底，在停下來的時間裡，產生了特定的恐懼，害怕自己的恐懼，如疫病般高度擴散——有了抵死不從的恨意，遂真的成就了一份終極的生命悲劇。

這是一場圍剿與被圍剿，關於用哪種模樣活下去的比賽：宛如末日電影中流行起來的喪屍，用歪扭著身體的方式行動，以求現下新鮮的活人血肉。

像一空白容器填充需要的定義，卻無法導向任何一項沒被中斷的未來。

喪屍雖是群體的代稱，卻不知算不算得上同伴，依賴著本能慾望，或非出於本意地撕裂他人。牙口下有他人的血漬，傷人自傷，搖搖擺擺，成為擁有相似面目心智的一群肉身。在生肉與腐肉交錯著氣味的空間裡，逃啊逃，逃不過的就淪喪。不是模糊地被嚙咬啃食；就是神智清明，身體卻不見得有相對能力逃避追捕。那喪屍般的群體，總是飛快，好像已經不知道別人的痛。這也是一種暴戾吧。

金星仍是一樣，無法將一切當成虛構框架下的遊戲。她沒在玩。她認真且奮力逃跑。她給自己的新功課是：做不到驕傲或淡然，那就不卑不亢。無論寫作或不寫，總在桌前盡量動一動、拉一拉手腳，還像人類般的靈活與不靈活。

這血肉之軀仍有極為普通的移動速度、關節扭轉的自然角度，依然知道哪裡不適與疼痛的程度。然後，偶爾也依然會，因為發生了什麼事，不知道該對誰訴說，或說不出口，看著鏡子裡那張逐漸青白無血色的臉。雖然不能時時拿出來量度，究竟又因為喪失了現實的什麼而跟著萎縮，減少了幾毫克；雖然只是堪用，但並不是可有可無的存在。她會重新摸摸左邊胸口，那顆還在跳動的心。

映入眼簾的機會

琥珀對於喜歡的人事物，因為不想留下一絲可能會感到疲累的空間，總是乾脆保持適當的距離。

同齡者曾經對她提到，到這個年紀之後，所有生命裡的事情，也都差不多塵埃落定了。琥珀只想抗拒這些，所謂什麼都大致「底定」的說法，甚至覺得這樣的說法，的確有點橫行的感覺。

那不過是將這些話語說出口的同齡者，那樣一個人，已經篤定的人生安排——明白了自己可以實行，或不能實行的種種。而那樣的說法，似乎偏向覺得自己活得算是十分透澈了。

琥珀也以自己的主觀，猜測了同齡者的意圖，以同樣的模式。可她還是不想在這樣的定義裡面，被擴及；也不想脫逸出來之後，關於那些被認定在某個年紀，大部分的人應該能做到、會做好的事情，她卻沒有被相同的機會眷顧，遲至所謂的「現在」才去做，因此，便被歸類為「大器晚成」那類型。

當然，關於同齡者對於這件事的看法，跟琥珀自身的關係，就僅有這麼一點，只能說是斷斷續續有所連結。所以，她只想關心到某種程度就好，覺得自己大可不必輕易涉入，於是，就維持著那樣一貫「與我無關」的假面狀態。反正她也提不出更豐富的經驗，或是更分明的論理，就由自己開啟沉默的按鍵。關於這種人情交際的界線，她就一切隨緣。

在某方面，這也映照出她生活上的習慣。比方說，她從來不按照順序去讀一本長篇小說。總是想到時，隨意翻開，就從翻開的這一章讀下去，直到一個章節段落的完成。比方說，她才記得，自己根本沒有讀過，每年都會換一批演員重新演繹的金庸作品，但那些戲劇裡的一幕幕，被模仿致敬的橋段，那些記憶裡的拼接組合，隨著時間過去，最後也會就這樣，抵達一個文字細節或許不明，但情節應該接近完整了的故事。再比方說，她從不熨燙自己的衣服，相信總有一天，那些有皺褶的一切，會具有自成一格的，另一種獨特性。

她很喜歡的電影《阿拉斯加之死》，大概就是因為主人公用很天真愚笨的方式，在探索自身的旅程。

一天便成永恆的記憶：試著弄清自己該怎麼去結群？又該怎麼去愛人？或許真的太不懂人間規則與常識了，最終還是迎接了自己默默的，難以被發現的死。雖然這旅程，讓他得出了自己的結論——對他人的接近與好意，他有所顧慮，加以拒絕，但他一直以為，其實運用了自己的方式好好珍惜，即使後悔了，想回頭，這樣只有一次的生命旅程，卻已經永遠來不及。

可能琥珀從那種世界級蠢笨，及其帶來的遺憾裡，同情了一樣蠢笨的她自己。

於是，她這個人，對於想要親近的某些人，總是更加小心翼翼。反面來看，如果她因不夠慎重，沒有好好注意，導致某種承諾最終無法做到，卻因帶有的身分，或年齡的限時幸運，得以迴避掉一些指謫；然後，這些做人處事的責任，被自動轉嫁給，被認定應該具備這些概念的那些人。

如此意味著，在應注意，而未注意之時，各自犯下不同方向，但同樣結果的過錯，必須承擔較大責任的，甚或連坐懲罰的，總是指向那個更年長，「照理來說」，應該更懂事的那個人。亦即世間那種不平的重量，時常總是更多交代給血統、法律與出生日期。

琥珀覺得安心於這樣的公式，或許有點疏懶而狡猾了。雖然她其實知道自己也不免，不，應該更誠實一點的說，其實是時常，活在一種自我限制的迴圈裡。

琥珀可以把話說得很好聽，那就是一種，把意識好好集中停留在某一處，不要讓意識到處飄散，不被捉到話柄就可以的生存方法。然而，思來想去，如果由琥珀形容自己，她既不是什麼超脫世俗，在人之上的超人；或被種種靈感與奇蹟依靠，使人信服的神人；甚至，天仙般不可方物的秀麗美人；也不是被情感投射與崇拜的偶像。一一拆分她自己所擁有的條件，就只是一個極其普通，屬於平均值、最大公約數的，一般人。

拿到碩士學位後，琥珀敲著一扇又一扇的門，行禮如儀地，偶爾因為機會過於稀少，而顯得膽怯唯諾。在那些房間洞窟裡，她與此生通常不會再見的幾人會面。獨留在陌生封閉的地方，填寫著紙張上的各式考題。有人進來，問了問題，她提醒著自己像個成人般回應。

當他們看著她的時候，她也在看著他們。眼睛、神情、姿態。道謝。道別。走進去。走出去。她的腳步軟弱了起來。想起語詞「中途半端」（ちゅうとはんぱ），這樣的日文漢字，竟在此刻極精確地，形容著她的生活、她的性情。不管她做什麼，走哪一條路，她總是在中途，走不到底。明天醒來還是在原地的恐懼感，淹沒了她曾有的強壯。

那時候，她覺得自己的世界沒有光。她就像是一個隨意走走，卻澈底遺失了自己的夢的人。一切見光死。

那些未必可見的意象，有時，卻不意地轉成了暴力的意向。所謂震天價響，流行的說詞：「愛自己」、「LOVE YOURSELF」、「LOVE MYSELF」，彷彿就是所有情感的謎底，所有人類愛的奠基。著實過於放大的時候，會讓她手腳蜷縮，感到負擔。然而，她偶爾也會對這件事臣服。那樣的自身愛，她會用來沉浸在，比其他人想像中更加長久的睡眠裡。

琥珀不會想要諷刺地，表演那句極為有名的電影台詞：「愛你去死啦愛。」抑或，如文學家寫下的詩歌句子：「去他媽的愛不愛。」愛及其不愛，依然是必須。琥珀不覺得她是例外。

然而，她也已經明白，一個人得到愛的機會，或許不一樣多。精微的細節，也不盡相同；但是，一個人不被愛之時，種種經歷與處境，沒太巨大的差別。

不過，對於總是與別人逆向而行這件事，琥珀有時候會覺得很神奇。或許因為在某種層面上，她不想聽話，只想惡作劇。但她也想要得到一種旁觀的能力：旁觀她自己，以及那些，她在某個瞬間所做的選擇、所施行的一切。

從前那些公式化的表述，或許都是自己失敗的影子，及其圓周。然後觸及，然後大範圍，整個直徑的掃蕩。而她也曾想過，會否那總是，每一次，她為自己脆弱的肉身與心靈所做出的，由她自己來負重與承擔的決定？只是過去的她，以為被世界捐棄的她，總是更能感受，一切事實就是如此直接了當，而無法顧慮到，那些結果，在被認真看待之前，又是如何潛藏在某種行為的神祕性裡。

她的故事其實到這裡就可以結束了，如果活成一種故事書裡的公式，就不用對其他人解釋，她先前是這樣的人，然後，她在日後到底成為了什麼樣的人。而琥珀並沒有在追尋生命裡那些出人意表的物事，她只是認識了一點自己。也許自己需要的，只是生命裡曾經出現過的，許多的某一刻。

那就好像，某個夏末秋初的日子。因為天氣還是太過炎熱，空氣又使人悶窒，所以走在路上時，琥珀直接從包裡，拿出了晴雨兩用的摺疊傘。在太陽下，打了傘，這時她手上拿的傘，被定義是一把「陽傘」，而非「雨傘」。

琥珀在那一刻發現，這已經不是一個，必須遵從某種過去強硬定型的男子氣概，而讓某類人不敢在大街上開傘，從而被迫讓毒辣的陽光，直射曬傷的時代了。

這件事，單單這樣的事，之於現在，已經不是只有隨身攜帶著女子氣質，或女性生理性別的人，才被允許，能夠自在地在大街上做的事了。

不會對什麼都看不過眼的時代，也會開始慢慢地，來到自己身邊了嗎？還是會有這樣的日子吧。

這大概是因為我們對同類生物的理解，對自己的理解，都有了一點進展的關係。對於種種「明目張膽」的行徑，琥珀還是感到了一時片刻的滿足。

那也好像，隱形眼鏡的發明，帶來了另一種獲得視力的體驗，卻必須先給予，對於眼球恐怖的逼近與貼合；然後是，有些旁觀的人，能同感恐怖的拔除與取下。這種過於貼近的痛苦，就像戴上了眼鏡或隱形眼鏡的她，所看清的世界，的一部分。很多時候，還是會讓她止不住淚水——琥珀知道，那是一種依附。

她曾經喜歡，等待那些沉澱之後的重新攪拌。那些液體裡的物質，因為太長時間沒有動靜，總是不知道，還會變得怎麼樣——既有混濁的一刻。也有平靜的一刻。有些浮起。有些下沉。然後，慢慢又歸復於自己的內心，融化在肉身的血液裡。

而她也知道自己，或許就是，對於在艱難裡能夠永恆的東西，最喜歡。

器官捐贈同意卡

茶芯的錢包裡，一直放著一張器官捐贈同意卡。她申請過信用卡，不知何故，沒有核准。其他銀行卡裡，也沒太多存款，所以，她總是開玩笑地說，那應該是自己身上最具附加價值的東西。是屬於未來的「身內」之物。

她大約是二十來歲簽署的，不是為了裝善良，就是沒多想。她沒有「性本善」或「光明正大」的人生信仰，也沒有什麼關於「完整」軀殼的持有概念。只是覺得，反正已經是身後的東西，要怎麼跟她分開，怎麼被使用，已經死去的身體，終究也不會重新有知覺。沒有什麼元素一定、必須留存在她的身體裡。

人都會死去。人的生命時間有天都會停下來。死亡不過就是，一切都停止了的意思。茶芯在親族的喪禮，火葬前那最後的告別時間，可以直盯著那些家人親戚的屍體。從來沒有那種帶著恐懼或慌張的情感，在那裡突然出現。

何況，茶芯覺得自己，本來就是個沒太多功用的所謂人類。物盡其用，又能給予別人沿用比較健康的器官，延續原來生活的可能，想想就覺得，這樣蠻不錯。

二十來歲那時，她在西部讀文學研究所，正好邁入第三年。應修與選修的課程修習完畢，學分數已足夠。她通過了大綱口試，以及各種畢業的基本門檻。接下來就會是一段專心處理論文的時間。

回到學生身分之後，茶芯一般不大記得星期日期，不怎麼關心數字，除了文字檔案裡的當前字數，與手頭上剩餘的金錢。對季節變化，意外地沒有強烈感知，除非一併發生了印象深刻的事情，可以用來當作生活上紀年的繩結。

儘管繼續升學讀書了，但那只是因為在當時，大學畢業後，無論在輿論風口或實際情況，以及相對應的政策體制、經濟市場；在世界湧過來的潮流，與發展成淹沒所有人的海嘯，彼此交互影響之下，或許有了各種研究名詞的更新出爐，始終也敵不過各種就業競爭的奇異飽和，那是一種貧脊、不均，卻已被填滿的現象。

可以說，剛好就在那學歷呈現貶值，落到最低的時間點上，茶芯投遞了百來封的履歷，範圍跨及了幾座城市，經近半年，好不容易才在自己的家鄉，找到一份正職。她在火車站前的一家升學補習班，待了一陣子。

她那時的年齡，與補習班裡正在奮力做模擬考題的那些高三學生，就只是四年多的差異。所以她也不知道該用什麼單位去思考：一年？四年？十年？整個半生？才會構成屬於她的人生。

做了好幾個月之後，有次，補習班裡一位聽說是機師退役的資深英文老師，在半開放的辦公室裡面，無所顧慮地抽著菸。那是中午的用餐時間，許多同事都外出尋覓飲食，只剩下茶芯一個，在自己座位上，吃著從自助餐店買過來的便當。

那老師隔著一點距離，音量不大，突然告訴茶芯，說，「妳看起來似乎不是太快樂。」填塞著食物，正咀嚼中的茶芯，不知道如何回應，但因此有了理由。他將變得短短的菸，改夾在另外一根手指上，接著說，「會不會是因為妳現在的生活方式，其實有點不上不下？」

茶芯不知道那老師是出於什麼動機，用了什麼線索，分析起自己。是一種無趣時間裡找點其他意思；是對她看不過眼，抑或，只是一種經驗談？但他似乎沒要分享自己的生活，也沒想要茶芯回答。其後只是自顧自地說，茶芯走路的時候，肩膀總是垂垂的，就像她從來沒有對自己或生活，用過什麼氣力的樣子。

茶芯中午跟著其他上班族，排隊買便當的某天，發現如果自助餐店那周每天，準備了一模一樣的菜色，那麼她自己包括主菜，就會每天都點選一模一樣的四道菜。於是，她下定決心要離職，尋找別的方向，或去尋找一個以為可以「更上一層樓」的生活方式。

之後，她上網收集好書單資料，買了許多備考用書。從那天開始，畫好時間管理分配圖，只管坐在書桌前念書，一直到研究所放榜。

茶芯會記得簽署器官捐贈同意卡的那年，是在夏天某日。有一位當時算要好的同學N，邀集她去參與一場戶外聯誼。

當茶芯跟N初識時，有段時間時常一同用餐，她觀察到N每次跟服務人員說話，總有一種特別的上揚語調。N的聲音算是中高音，她會帶著微笑，說得比平日活潑：「謝謝你ㄟ」；即使是自己不感興趣的事，N也會如此回應：「酷ㄟ」，尾音ㄟ拖長像撒嬌。說「你」的時候，讓人有種被指定感。

N的整句話，彷彿在社群媒體上留言，那種在句尾代替了句點，為了舒緩張力或調節氛圍用的波浪符號「～」，極為優秀地具體施行在生活對白裡。茶芯還沒遇過第二個人會實用地如此具象。其他人幾乎就只是尾音俐落的兩字「謝謝」。

N喜歡四處結交朋友，她有第一次見面，就可以與人自在共處的社交能力。茶芯不知道N從前如何，她來不及認識，但有次從N的大學同學F那裡聽說過，成為研究生這件事，這整個過程，曾經是N所謂的人生夢想之一。為此，N特意延畢了一年，把全身心都投入在準備碩士班考試。F當時的作法也是如此。所以，考進了同一屆同一班的茶芯、N，以及F，都不是應屆的畢業生，是隔了一年考進去的同齡人。

茶芯那三年，只住在學校所屬的東區，連老家都很少回去。當然不會知道，從小在台北出生成長，半輩子的社交圈子都在台北；盡量將選修課程都排在同一天。一周內除了上課時間，無法在另一座城市待著超過兩天，這樣的N，在她的城市裡，會過著怎樣的生活？

茶芯從來不會是N那個台北圈子裡面的人，只是其他城市的研究所同學。除了意外交集的大學同學F，N從來不會讓這兩群人相互認識，她劃分得非常清楚。

所以，茶芯雖然與她做了三年同學，也曾經成為室友，大約半年，但茶芯實際上只認識了一小段時間的N。茶芯數學很不好，也沒興趣做紀錄，但兩人真正相處過的時間，計算加總起來，或許沒有幾個月吧？

成為研究生的第一個學期，N與F，加上先前認識的大學他校朋友X，兩男一女，決定一同租賃在學校附近的老舊國宅。四樓的右半邊。隔出三間雅房，一間衛浴，一間廁所。客廳空間因天花板的粉塵，常年飄落，沒有整理，無法使用。每月月租一萬元，租期最短一年。不想每月細碎地計算零頭，各出那三千多元。三人便說好，水電瓦斯費每個月平分，但房租三個月輪流一次，一個人一次就出齊一萬元。

半年之後，X申請上了下一個學期的宿舍房間，租期剩餘半年。當時租賃在較遠、較貴的他處，還必須多負擔公車費用的茶芯，原就考慮搬離，遂頂替了進來。

變成兩女一男，三人卻很少在租處見到面。F在兩個城市都接了工作。而N比較像是擁有一間房間，用來置放一些必須先留在這裡的東西。只有茶芯在學校裡工作，所以，幾乎每天都回到這個房子裡。

茶芯與N多相處了一陣子之後，便將兩人初見面時，以為N所擁有的那種，對誰都極為熱絡的性子，隨著日子，偷偷在腦海捨棄了。

N常常保持著一種看似平穩，卻帶著亢奮的情緒，又會突然在某個時刻，為了某種緣由，盪到低點，轉成沉默。極其明顯的表現，接下來，不願意再理睬人。

兩人若有時間碰頭，N總是看似興高采烈地說了些什麼，茶芯隨之回應了些什麼，然而，倘若她事後回想那些內容，卻發現自己只記得那些在N的話語表面，浮游著的東西。

但當時的茶芯，既不熟悉，亦不覺得具有資格，為那樣的個人狀況，及其攜帶來的高低情緒，取上什麼不明不白的名字。

只是，茶芯依然記得，某日，是N的生日。正好待在租處的F，替N準備了小小的蛋糕，另外還多買了幾支彩色的蠟燭。然後傳訊問她，「妳什麼時候要回來？」

回傳過來的N，卻莫名好生氣，質問F為何要限制她的生活，她想去哪裡就去哪裡。

茶芯不會看見那些訊息的來往，只是聽說了，所以，自己必然有其不會明白也不可能明白的空白與縫隙。然而，她至今仍無法連結那兩段文字之間，與最後N帶有的情緒翻轉，彼此之間的關係。她只是知道了，自己大概無法擁有跟N相似的情感邏輯。

那天，N寄住在另一位同學家裡，隔天才回到他們的租處。F將生日蛋糕冰進冰箱，在冰箱門上黏附上便利貼，兩人祝N生日快樂。

為了上課，回來拿東西的N，看到那些已經融化的蠟燭，還殘存一點蠟油痕跡在桌上。很久之後，N才對茶芯坦承，看到原來排列成心形，遺留下來的痕跡，她想像著那天晚上，他們為她點燃了蠟燭的模樣。因此，她覺得自己當時可能不應該那樣。但是，N從來沒有在有效的時間裡，有效地表達出來。可能某些人與人的關係，就因此有了一些，會在日後開始顯露的細微裂痕。

其後，三人都搬進宿舍裡。茶芯趕寫論文的最後那半年，與N幾乎失去了聯繫。聽說N的手機不接，信件不回，宿舍房間也都沒回去。N的指導教授商請同屬學生多關心N，可是沒有人有其他辦法，探聽出她的消息。於是，教授說，這種事只能暫時放置著，等學生想通，自己回心轉意。

茶芯以自己的經驗猜想，或許N慢慢適應了有幾天必須移居到其他城市，以及進入艱澀作業的各種壓力。然而，最後這幾年，那些研究題目的找尋與確定，倘若能盡可能地與研究者的生命情狀，產生關連的某種說法，及其因而多出了重量的責任感，慢慢地，又轉成另一件沉重的駝垛包袱。

茶芯見過一次，N為了迴避正從走道另一端走過來的指導教授，立刻彎拐原來前進的步伐，重新閃躲進入洗手間的樣子。

表述壓力與消化紓解的方法，大家各不相同，所以，茶芯從來沒有問過N，「妳論文寫得怎麼樣了？」那幾乎是禁問研究生的句子之一。並且，她也不會就此失聯方式，責怪她自己或其他人。那畢竟就是一段生活與工作與課業，全都聚攏。沒有一道比較好的工具，可供更精準的切開；沒有辦法更細小的釐清，而難以區隔的日子。

茶芯只能看到，與N失聯之前的那段日子，N開始熱衷於主導組織，同時參與一些異性聯誼，這或多或少曾經變成N好好過生活的新動力。

N會將這些活動過後的團體合照，存放在她的社群媒體。茶芯看見過幾次。在那些設定為社群朋友皆可瀏覽的照片裡，參與者可以將身體熟悉地擠挨在一起，或許擺出的攝像姿勢各異，但一致地，都是二十來歲的年紀，正往後半前行，即將邁向三十歲。在社會的定義裡，所有人都剛好踩在所謂青春的邊線上，展露出某種相似的笑容。彷彿可以在那裡，追求比較明亮的各種可能性。

N邀集茶芯的那場聯誼，大約是十個男男女女，到平溪遊玩的火車之旅。包括一位茶芯也認識的別系同學，會跟她們一道去。茶芯的應允，原想在思索論文之外，有一段時間的休息。保持好課業或尋求新關係，對她來說，從來也都不是不能相交，勢必得平行的人生選項。

然而，茶芯卻在應允的幾天過後，接到家裡打來的電話。就讀大學的妹妹騎機車出了車禍，返校路上，被一台商用小貨車，攔腰撞上，左腿大腿骨因此斷掉了。

茶芯也不知道一個身體的大腿骨斷掉了，是什麼樣的概念。但那時家裡只有同性別的她能前去照顧。因此，只能傳訊跟N說聲抱歉。

茶芯準備好換洗衣物，在東部醫院大約住了一周半。剛開始每幾個小時，就得到茶水間一次，將新製出的冰塊重新裝進熱水袋裡，冷敷在妹妹斷掉又接上的大腿骨旁。直到冰塊融化成液體，就再重複一次流程。

茶水間的一邊，總有更換下來的床單，丟在方形的橘色大桶子裡。空氣裡帶點奇異的，像是什麼東西乳化了，或腐化了的味道。也可能是餿臭的體味，濕掉又乾掉的汗味，全都疊加上去。

茶芯聽從護理師的指點，學會觀察，將妹妹病床旁快要滿溢的尿液袋取下，倒進病房內洗手間的共用馬桶裡。拉起簾幕來，幫忙擦拭妹妹的臉面、脖子與四肢。

那間宗教醫院，每天特定重播專屬頻道的同一個節目，十分樸實與大愛。所以，茶芯偶爾會趁著妹妹熟睡的空檔，走下一樓，逛逛角落那一間為了陪病者臨時所需而開設的雜貨小賣店。然後，晃到大廳去。

茶芯就在那邊，走了必要的流程，簽了張自己的器官捐贈同意卡。

那時，茶芯的手機沒有申請上網。她與還須復健但依醫院規定，所以必須出院了的妹妹回到老家，之後才在網上，看到N她們出遊的照片。

從傳訊給N說抱歉自己這次無法參與，N回覆說好，到她回家這過程，茶芯沒有再接到任何訊息。

聽從復健師的指示，回到家，妹妹每日練習用拐杖走得更平順，恢復到可以暫時丟開拐杖，緊抓著家裡的樓梯扶手，緩慢地爬升運動，學習用大腿重新施力。到妹妹能好好用雙腿走路，日常起居確定完全沒有問題之後，茶芯才返回學校宿舍裡。

那時，在宿舍走道，還有機會遇上的N，熱絡地對她說起，那次平溪出遊，「真的很好玩」。但其中一個長得最好看的上班族男生，這也不行那也不要。多走幾步路，就說好熱好累，總抱怨說自己已經想要回家。說有多嬌貴，就有多嬌貴。

N停下來，看著茶芯，對她說，可是，如果妳想認識，我有了他的聯繫方式，也可能你們會很適合。

茶芯看著N臉上綻放的笑容，一時搞不清這種「可能」，究竟會有幾種可能的意思。

足跡

買了一個新包包，為了要將舊包包裡的物品，全部移過去，於是黑河必須重新整理。

她覺得自己不是生活凌亂的那類人，但她也不好意思說，自己是亂中有序。這聽來很像不擅整理家務，或習慣堆積一些早該廢棄，已被定義為垃圾東西，的那類人，常使用的藉口。但這些秩序的安排背後，黑河的確帶有某些緣由，諸多的考量。

舉例來說，學生時期，因各種原因，有個暑期，她申請了住宿。某次在課堂上認識的新朋友，從宿舍另一頭來訪。黑河讓出了自己的椅子，坐在室友那一邊。新朋友沒有坐下，站著與黑河說話。然後，環顧了一下整個房間，看了幾眼兩邊的書桌桌面。

相熟之後的某次亂聊，黑河說她是喜歡乾淨整齊，會將用過的東西歸回原位的類型。朋友笑笑地說，「看起來好像不是這樣。」

黑河完全沒想到，這說法指出的，竟是她自己。因她自覺是一個，只要物品擺放雜亂，情緒就會跟著煩躁的人。所以，在那種有著固定上下課時間的求學階段，她從不將隔日用不上的教科書或任何雜物，留置在學校抽屜裡。

每節下課，她就會把桌面上的文具，收進鉛筆盒裡。重新整理一次抽屜裡的小東西。如果那堂課，她被指派當小老師，負責收集全班作業，她一定會齊整全部作業本之後，才放進抽屜的其中一側。

那天聽了朋友的話，黑河試著回想一下，已經搬離的那兩人房房間。上鋪是床，下鋪是桌的雙層床架。朋友在那短暫時間內，所能及的視線，書架上沒有幾本書。衣服都收在衣櫃裡。而朋友所能集中的焦點，大概只是那張在木板床底下的長桌面。

她的桌面上，的確並置許多東西，但那些瓶瓶罐罐都前前後後地擺放整齊，只在一個角落。

或許有點衝擊，黑河追問朋友：「妳確定沒有搞錯？妳過來我這裡的時候，我坐在室友的椅子上，我的位置是在另一邊。」

室友性情隨興，完全不在意物品的東倒西歪。穿過的防曬外套帶點奶餿味，沒有展開披掛在椅上，恣意丟擲在桌面上。

但朋友還是肯定地說了：「我知道啊。沒看錯啊。」

因為只是兩個月的短期住宿，黑河不想多花錢買那些放置桌上小物的收納盒，怕到最後搬家還得挪出多餘的空間，本末倒置地收納這些，原來用以收納其他物品的塑膠盒或木盒。所以，那些瓶瓶罐罐，在她的桌上放置整齊的方式，不是垂直的，而是平放的。

她後來可以理解，從朋友站在那裡的視角，看過去，那些黑河覺得各有自己所屬的位置，根據使用目的，瓶身由高到低，一一排列與分類好的東西，就像是一堆隨便圈了地，泥在桌上的東西。

倘若那占地的範圍再擴大，就好像會成為一種個性上，或生活習慣上的失誤。雖然朋友說出口後，又在口中解釋：「沒有啦，只是一種感覺，說一下而已。」

那些看得見的東西，可以承載許多意義，同樣也可以放棄許多意義。他人從中產生了對黑河的印象；而黑河的心裡，對那些話語，因此也產生了另一種騷亂。那樣一種有其背後原因的偶發狀況，似乎轉變成一種理性歸納後的必然，大概成為了一種恆久的感性感覺。

從前的黑河總以為，某些視角，認真朝向，大抵應該會是一望無際。所以，當別人認識的她，她卻不認識，她也會覺得那樣的自己很陌生。雖然並不想被那樣看待，但她也不能拒絕那樣由別人投來的目光。

就像日後那些帶有原因的一次性經驗，卻成了焦點；抑或，她不大記得的那些過程，淹過了她自身，成了關於她所經歷的、與她相處過的全部經驗。

儘管這些都是很小很小的事，但這件事與那件事，就會在這樣的鏡頭調度裡，被連結起來。

黑河打開、翻找了以前常背的舊包包。彷彿自己零碎的影子，被放進了身體的內部般。裡面有小指甲刀、開過的面紙包、用了幾張的小包裝濕紙巾、隨身小鏡子、一支襯她膚色的橘紅色口紅。這些被她分類成同一套動作流程，都被裝在那種書店整袋幾十個一起販賣的透明夾鏈袋裡。

另外有一支藍色原子筆。未雨綢繆用的折疊傘。現在又多了分裝的噴霧式酒精瓶、口罩夾。沒有捨棄不掉的紙團、提款機出來的感應紙、吸管的包裝袋。意味著她每次都有好好地丟棄。

完成新舊包包內容物轉換的那個當下，黑河收到了公司的通知，下旬開始，出版社決定分流上班，將所有人分成兩批人。以兩周為一個時間單位，輪流實行ＷＦＨ。

「在家工作」這詞彙，或許不是突現的新系統，只是如此在新聞中突然普及使用，島嶼眾人脫口而出的英文簡稱，一開始，並不在黑河的生活知識範圍裡。所以，她總會在瀏覽網上報導時，在黑體字的段落中，錯看成腦袋更熟悉的髒話簡稱ＷＴＦ，以為這樣很好地代替全人類，展現了時間原就不可逆轉，當前卻無處可發洩的頹喪、不安、敵意與憤怒。

每日下午兩點，準時變成每日疫情匯報。黑河還記得，某天下班後，回到租處，手機突然傳來一則訊息，上面寫著，今天晚上八點五十分，即將分區停電。

那時她看了時間，二〇二一年五月十七日，晚上八點十五分。房間裡的氣溫三十二度。那是第二次的停電。第一次發生在五月十三日。因全島系統供電不足，分區停過一次。那一週，所有人還不知道，整座島嶼的疫情狀況，即將急轉直下。

傳染性肺炎的本土疫情，在過了一年之後，看似有所緩和的態勢，卻快速升溫。這座島嶼的時空，從五月十五日那天，倏地扭轉了。所有人變得哪個地方都不能輕易過去。不是短期而已，轉成了長期的預知。

她將日期記得很清楚，那也是她和許久不見的友人G，最後實體見面的一天。

這樣彼此性命相繫的疫情之年，全人類的身體變成了一種規則，集中了安全的確認：鼻子。嘴巴。眼睛。手指。全島統一遵守的規則，亦慢慢的更動：出門必戴口罩。娛樂場所幾乎關閉，營業餐廳不能內用。傳統市場依國人身分證單、雙號，分單、雙日採買；室內五人，室外十人，不得群聚。

學校師生，都在重新適應減少實體接觸，重新學習新的交流平台，希望盡可能地，與原來的教學現場，接收與回饋的程度，相差不會太遠。

重新啟動的系統，劇烈而迅速地改變了存有的狀態。不是小角度，而是大方向。現在則線上教學到暑假。一些公司行號實施分流辦公：部分人在家工作時，部分人去辦公室上班。每日報告工作進度，利用軟體開線上會議。

人們被歸於曾經或現在所屬的地方，對某些還不習慣的人們來說，這樣的生活，或許即將成為一段未曾有過，卻已顯得過於漫長的家居日日——日日等待清消、隔離、檢疫、調查、診斷、醫治、修復，以及修復不了之後，沉默地快速埋葬。

或許，當人與人的存在變得比以前相繫，人們便開始看見，從前看不見的，無數個事物。也容易看到與疫病一起永恆的東西。

黑河所租賃的房間，無法依照網上所建議與指引的，在這期間，將活動的範圍，劃分為「汙染區」、「乾淨區」、「絕對乾淨區」。又因為疫情不見好轉的關係，彷彿處在看不見未來的時間點。這變成一段需要用力記住正常生活的日子，以免在現實的混亂中，失去了那些該被留存的東西。

所以，當輪到黑河在家的那兩周，她覺得自己的工作，有一半，彷彿變成判斷骯髒。儘管這日子，黑河其實過得都差不多。

這樣想好了：我們本來就活在層層疊疊別人給的、自己給的各種虛構裡。只是，依然會有部分虛構的東西，被人發現，被人強調，如此落到了實處，也落到了明處。

明明生命極其有限，我們如此活著。隨著那些虛構，裹挾而來的某種真實，能夠完完全全的滿足我們嗎？黑河不禁這樣想。

黑河以為生活如常，戴口罩，勤洗手，力所能及的守護好家戶內的健康，也守護好重要的人。不傾斜成預期的擔憂：比起自己染疫，更害怕是因為自己，而讓更脆弱的人被沾染。她覺得，只要不走出共識與常識的範圍，不讓人為難與非議，就好了。如此就是踏在原原本本的足跡裡。

然而，某個工作休息日，她一覺醒來。萬念俱灰。彷彿不知名的病徵無來由地凸顯了出來，而她突然對時間感到巨大的畏懼。她覺得自己的生活一片荒蕪。生命一片空白。坐在床上，感到心悸，想像著，宛如漫畫裡那種晶亮的汗珠，從她額頭滑到了下巴。

黑河像是重新發現了自己的人生過程，於是，突然懷疑起：自己是不是真的活錯了？突然明白自己，原來是一個對這個世界愛得不好的人。是一個愛得不理想的人。生命裡有這樣的一件事，並且花上人類的時間尺度，幾十年的時間。但她竟然可以在這種不舒適的狀態裡面，活過了這麼多年。

那天早晨，突然醒了過來，不在她原先的睡眠時間軌道裡。睡意消失，記憶卻一股腦地湧了進來，也失去了可以緩衝的各種瞬間。

如果可以，她也很想在講述這類型的故事之際，對別人說：這一切都發生在，「很久很久以前」，「很遠很遠的地方」。但時間明明白白呈顯了，這是：當前、此刻、現在。

黑河在那天早晨，彷彿聽到了過去那些時刻的自己，呼救的聲音。她無法辨識，那是否是從她走下坡的身體，還是從她漸衰敗的靈魂，傳述出來的聲音。她疲倦到睜不開眼睛，一張開便痛苦，於是默默閉著眼睛，流下眼淚。

黑河不是在忌妒別人的大小幸運。反而覺得每個人的一生，其實都會遭逢到不幸。並不是只有她才不幸。不是她最不幸。只是那種比重分配，在一個人的一生裡，還是明顯地不均罷了。倘若在他人的記憶裡，曾經有過那樣的東西存在，曾經進入到他們的視野，就能召喚出相對應的情感。而那些沒有進入視野的，抑或，在低解析度、低畫質的視角裡，僅能曖昧且模糊地看見的，大概就無法累積成某種印象的基礎數據。

那天的黑河，把念頭全部綜合了起來，她只能在這樣的分類裡，複合式的描述自己。她覺得，這個世界上，已經沒有任何能留住她的人或東西了。黑河的哭泣裡，同時連結了過去那些不被選擇的瞬間。在他們的眼睛裡，讓她成為了怎樣的一個人？而那些背對她的人，又該怎麼看見她的存在？

「為什麼覺得隨意丟掉我，沒有什麼關係？」

彷彿她的身體裡面，鋪上了一條看似無盡向前綿延的道路，象徵著她一直以來避而不見的現實。但那些異常漆黑的地方，突然拓展開來。她發現自己只是如常的走在那上面。旁邊沒有機會。前方沒有運氣。儘管她努力讓自己變得更好。黑河只是想要保留好的視角、好的世界線與好的故事線。在她的筆觸下，卻只能不斷地畫出，為了看來完整而重複描繪，因此變得粗糙的線條。

關於痛苦，她一直以來的處理方式就是，先走進去一趟，確認完實質後，再走出來。

但那就像一段任何人都無法回返的時空，所以，沒有任何人可以在她感到絕望的那些瞬間，回返過去，救她一把。而痛苦依然四處逡巡。

那個突然被疫情切開成兩半的五月，她想知道自己手上擁有的，究竟是什麼？到底還有什麼會繼續留在她身邊？在這裡面，為何很少有人真正觸動她？她想用自己的方式提問，然後同時做出決定。彷彿也成了她對生命的除汙。

可是，這些因與周遭偶然共振而來的發問，常常因為共振的時間也就只有那偶然的一瞬。在那些振幅之間產生的故事，極短時間後就失去了其作用。

在她的故事裡，沒有其他的畫面，只剩下被削割過後的語言。

晚間的新聞在傳達：這座島嶼，原來期待六月底能夠解除封城狀態，但因確診人數降不大下來，中央政府考量了各種情況之後，決定將三級警戒再繼續延長兩周。六二八的期限，滾動式調整後，暫定為七一二。終於將日子過到了七二六，有條件的微解封。已經有十周之久。

節氣是小暑過了大暑。整座島嶼的悶滯時間不斷往後延遲。一起等待肅清某一處地方，然後，再產生乾淨的地方。

黑河很想在路上開著車，在某個地方停下來，放棄繼續行駛的慾望。她很想說，好的，那一切就從這裡，開始，然後結束了。

所有的故事彷彿都是這樣進行的。大家所思考的，在這疫情加溫之日，幾乎成了另外一種一致性：要怎麼恢復原來的生活？但是，當有人只想在她身上找到某種一致性，就如同她將舊包包裡的東西，重新整理過後，放進新的包包裡，從來就沒有一個明顯易懂的世界。

只是在這日復一日、原原本本的足跡裡面，她明白了那些原先在心上，但壓抑下來，不去過度意識的，自己的各種衰老，以及，往衰亡走去而不復返的時間。她突然失去了暫時的立足點，找不到那個「為什麼」要如此活下去的源頭。

沒有事件的地平線。沒有新的水平線。開啟不了新的航行，於是，發現不了新的世界。

而那一切，或許接近一種感覺，感覺那些「明明就像是我的故事，或者，明明就是我的故事，可是，當我過了一段時間，重新回想時，卻一點也想不起來，完全沒有辦法想起來。那些曾經走過的足跡，彷彿就這樣斷掉了，這件事令我感到非常痛苦。」

黑河不知道要跟誰說。

足跡

【語言的齋戒】

有句俗話這麼說：心把它看見的一切用字句（words）說出來。人所知道的世界，正是她／他看見的周遭世界——而通往這個世界的管道是有限的、階序化的，並以越來越高、越來越巨大的高牆護衛著它。而高牆以外的世界，全都被視為虛構、杜撰的不經之談。雖然理性的心靈可以接受活在對立的兩個世界（此處和彼處）裡，但是，能活在非對立的兩個和多個世界——全都坐落在同一個空間——必然會銘刻出沉默。不是從他方，更確切地說，從在此處的他方。視覺接觸的那一瞬，不管發生什麼事情，已然誘出無言的狀態。那些留下來的人一碰到無法說話的情況時，就面露失望——失落、需要填滿的匱乏，需要重新安置和（再）融合的欠缺——而那些離開，甘冒多元性風險的人，往往繼續保持冷靜，順其自然過日子，進入口說和語言的齋戒期，直到他學會怎麼重新說話為止。

——鄭明河（Trinh T. Minh-ha），〈陌生和恐懼的新色彩——高牆傳說〉《他方，在此處：遷居、逃難與邊界記事》

限時動態裡的大象

灰灰覺得，她曾經想像過的那種，在現實裡交友的模式，似乎已逐漸凋零了。所以，她搞不清楚，雖然與M在某節課堂結束後，私下交換了IG的不公開帳號，互相追蹤了這件事，是否意味著她們在某個層面上，願意親近？至少在那些日常情節裡，透過一種特定而滑順的媒介，某部分的生命是可以重疊的？

為了讓人與人之間的距離明確化，建立起關係的連結，現階段，她倆確定是「同學」，但不知道稱不稱得上「朋友」。如此情誼的試圖維繫，少少發揮在幾次會面吃飯，其餘多是社群軟體訊息匣裡文字的來往。

無聊時或許已形成制約，灰灰也常登入那幾個軟體，看著友人限時動態的提示，她覺得那一整排外圈發著光的圓形世界，宛如從黑暗的河水裡，即將浮出什麼東西來一樣，老在引誘她。帶點強迫症性格的她，如遊戲通關般，藉著一個個讀取來消除。點進一個，便接收一個訊息；彷彿只要點按進去，就可以輕易進入別人，日日起建的生活領地。

一段時間下來，灰灰整理出一種規律：M喜歡用ＩＧ的限時動態記錄新鮮事，看起來像是每天都好好地設計了一番。每次的限動同時發布五、六張照片，有時還有短短的影片。那種透過手機儲存檔案，以自己的視線，一張又一張，一段又一段，加以一兩行字陳述，或用俏皮的圖案說明，其後，便上傳在二十四小時之後，就會消失的限時動態裡。

日月星辰，交遞迭嬗，當作一種活動日誌的意義在使用。以此決定了M當日的心情與樣態，也等於她幾乎每天都有話可以告訴別人。

拍攝對象很固定，行進路徑很固定，不是窗外風景，就是那些街巷裡出來蹭蹭的流浪貓狗，掌鏡手法就像那種一個人的路上觀察學。

M因為在同間學校、同個系統，沒間斷地升讀上去，住在學校宿舍裡好幾年了；從他校考試進來的灰灰，則選擇租賃在學校外面。

然而，現在M每日經過的地方，也是灰灰已經熟悉的那些街巷。吃的東西、去的場所，周圍環境相似，生活圈子一樣狹隘。接下來的求學時間，至少還會有幾年，行動模式幾近恆常。彷彿活在同一種傳統邏輯裡，如日日夜夜逐漸形成一種水邊壺穴般的形狀。

雖說如此，但她倆也可以全然沒有交集。她們並不屬於同一個學年，離開灰灰修課，M旁聽的課堂之後，若想將聯繫上的關係停下來，所有的陌生不能跟著轉換，便會不再延伸，也無從知曉彼此的動靜。

現在，倘若有幾日，M的限動沒有運作，灰灰就可以猜測，M為了某些功課，已經自我閉關，不是暫時放開了不時隨身握住的手機，沒有足夠的心情；便是除了一日幾餐，在校內校外覓尋吃食之外，沒有彎繞到別的地方。

到那天，M看來結束了功課之後，心血來潮，手機傳訊予灰灰，兩人遂相約見面。當灰灰當面問起M，妳過得如何？總看不到妳。最近是不是在忙些什麼？卻發現M似乎帶點遲疑，像是不甚理解，在這樣極為普通的口頭寒暄裡，灰灰話語的朝向，究竟是往哪邊去？

於是，灰灰改了問法：「妳手頭上的計畫，已經全部完成了嗎？」

「妳怎麼知道？」

「因為妳有好一陣子沒有PO限動了。」

雖然M笑著對她說：「被妳掌握我的規律了啊」，但灰灰在那當下，卻感到那驗證完成的笑容裡，有一種，彷彿日常生活被偷竊者看穿了的不協調與不自在。那樣極為迅速撇了一下嘴角，又立刻降下恢復的表情。M或許沒有自覺，卻被灰灰敏感的捕捉到了。那天開始，灰灰不禁在心裡想：是否從來沒有真的靠近過，或認識過這樣一個人？

M在她的限時動態裡，播散的多張照片或影片，部分顯露與營造的氛圍，讓灰灰有過錯覺，以為M總自己一個人行動。即使一兩周內去了同一個遊樂場所，卻從來看不見其他人的身影。灰灰以為M如此熱愛那個地方，不知為何一個人去不膩。也是灰灰好奇問過才知道，裡面大多數，M其實是和別人一起。

M並且笑著問灰灰：「妳怎麼會覺得我自己一個人，一直去那裡？」灰灰當然不知道，M回答了她才知道。同樣的地點，在照片裡只會看見M盤子裡的一份食物，一杯裝滿飲料的杯子。

灰灰沒有打算成為偵探，但M的帳號有時也會被TAG進共同友人的限動裡，這樣的形式因此讓M曝光了自己正與一大群人在某處。可是，M所公開分享的照片裡，其他人卻總消失。看來就像M習於且樂於獨處。即使真實的情景是，M旁邊總有人。

一切不是只取決於鏡頭。也編輯，也裁切。

然而，更多時候，灰灰好奇的是自己。不知為何，她總在意M的這些，一幕幕取景，然後一幕幕切除、剪下與重新連接；在意掉出去那畫面與景框外邊，被卡進了裂隙之間，被視為隱形，或僅能隱約看見的，各種小小的東西。因為這些不是已經是——啊是的，這句細思之後沒有極恐，但怪極了的話，大抵就是現代的語感——這些不是已經是；這樣的形式不是已經是，在這個時代裡，不斷呈示顯現過的，最為普通的人間光景了嗎？

我們總是難以看見，細小微塵在空中浮起飄盪，除非在剛好投過來的光線底下，又擁有剛好的位置與角度。灰灰能油生想像：那種瞇眼看著聚光燈源，集中打好在一個人身上的舞台表演，其他人則成了穿上黑衣，無法露臉的背景幫襯。可又覺得這種平庸的譬喻，不足以形容自己複雜的感情。

這樣的情緒到底從何處來，又是如何在自己內裡糾結纏繞？灰灰想知道的，或許是，M在那些故事舞台上，當下決定放置上去的，到底都會是些什麼？

M後來從宿舍一樓，申請改住到頂樓。夜晚與白天交相輝映。她常常在那裡拍攝風景。有時天空晴朗，萬里無雲；有時遠方就像有風暴來臨。

有一次，灰灰下了課，慣性地打開手機裡的社群軟體，看見幾分鐘前，M上傳分享了一張，校園草地的近景照片。雖然這不意味M幾分鐘前就在此處；只是意味著她曾經待在此處，並且拍攝了照片。

M的那張限動照片裡，沒有人物出現，沒有文字說明，但翠綠的草地上，夾帶有一些看來亮晶晶的東西。三分鐘之後，灰灰將會經過那個地方，似乎可以對這些亮晶晶的東西一探究竟。

然而，三分鐘到了，她走近一看，發現自己什麼也看不出來。或許只是草葉上曾經凝結的雨露串串。那裡就只是一個，普通的長了管理過的草種，而長草被定期修剪成短草的地方。

灰灰宛如與什麼在做纏鬥。為了解謎般，重複播放這些動態。有時會在那些照明的建築燈光；在那些玻璃車窗上，看見M舉著手機，倒映其上的模糊面孔與身影。

她也有自己的眼睛可以看，可是她卻看不見也看不清什麼。她不知道，是否自己早就已經丟失了這些，曾經能夠發亮的東西？所以，即使它們依然存在，也像存在於現實與夢界之間的薄膜裡。

但這個時空膠囊裡，能裝填下多少東西，從而把記憶保存下來？

後來她意識到，或許自己那樣跟著看過去的眼睛，已經填塞了太多、太過膨脹的，好幾份的動靜與現實。

某天，灰灰為了課堂作業，重看八〇年代的台灣電影《青梅竹馬》

時，裡面一句對白：「從這邊好像可以看到所有的人，所有的人都看不到你。」讓她想起，總是在重新適應、更新使用社群軟體的，她們這時代、這些人，以及她們所看出去的，這地下盤結的、根莖糾繞般的迷宮世界。

時時刻刻，日日夜夜，在這些看得見與看不見的訊息之間，一邊處處向外展示，一邊隱隱向內潛藏著。最終連自己都感到困難，都生出迷惑。

灰灰對於每每要在特定的時間之內，學會成為這樣的現代物種，有點膩煩了。雖然自己照常看著別人的限時動態，但也開始覺得，這些經過演算法則，並不那麼偶然的發表空間，總之，就如同一個人的穴室；抑或，如同一條專屬於一個人的甬道。倘若不是這裡，總還是會有另一個看似近身，實則遙遠而魔幻的地方，容納這些蠢蠢欲動的個人故事。

灰灰持續地在社群軟體與M用文字對話。在M的遣辭用字裡，仍能感覺親切。M的回應語氣，如毛茸茸的玩具熊，也常常有種厚實的暖和。可是，當她倆面對面說話的次數開始變多了之後，她也會出現一種感覺：或許看來極活躍的M，與她相同，只是活在一個極為安全的圈子裡。

灰灰準備好自己的尺度，試圖從那些對話裡，量測彼此的落差，再重新調整好兩人之間的距離。如此才察覺到，許多時候，她倆近距離接觸，M彷彿現實的片段，突然來到眼前，而無法保護某種東西；無法如以往，如在各種社交場合裡，如用文字一樣，行禮如儀。

那種感受該怎麼說呢，好像M身邊的人，皆成了M的玩具熊一、二、三號。擁有不為擁抱，僅用來圍繞自己。儘管口氣同樣模仿得軟綿綿，一旦若髒汙了，棉花少了，內裡或外貌看來萎靡了些，就立即放遠一點，再遠一點，從此遠到看不見的地方去。

抑或是另一種譬喻，這時代有一句形容情感交際的流行用語：「漁場管理」。灰灰彷彿被圈進了固定範圍，成了M擴張的漁場裡的其中一條魚。

這使灰灰在心裡早前刻意延擱在旁的種種疑惑，重新做好了確信，轉了一圈，終於定好了彼此的界線位置。灰灰打算從原來的那個位置往後退。

雖然在社群網上與現實生活都繼續見面，可是灰灰與M在一起時，一種挫敗的感受，越來越滿溢。或許灰灰覺得，那是因為M有足夠的聰明與才華，知曉存活在這世間的萬種規則，並且好好掌握；也或許是上述這些合計，讓M有足夠的資源，去發現新的窗口，又因自己做出足夠的努力，便能同時在這些規則裡，相對順暢地直行允許。

只是，如此的M覺得，人類所做出的行為，一切都是競爭，幾乎都是比較。不太能付出自己的信任，不太能在乎他人的生命處境；也不太能聽進，別人因多次的不幸運，而跟不上自己的種種經驗。

不怎麼相熟之際，灰灰不好意思對人說些什麼，不願指手畫腳，只是坐在對桌，安靜聽著M話語中透露出來的各種標準。然而，累積太多次之後，灰灰想著下次再告訴她：「妳的經驗是重要的，別人沒有要否定，可是，別人的經驗也是重要的。」下一次還是沒有說。

灰灰也有差不多的聰明。她知道在世間的法則下，大抵很難找到一個不藏私的人。擅於藏私之人，總是恐怕幸運就此被剝離，什麼都不大跟別人提。而這大抵也是灰灰對M飽含私心與偏執的推測，不過是建立在她個人的理解上。

然而，在那極為短暫的對話時間裡，不停加掛、中斷、插入、回捐、隔絕；因M不記得了，又重新問了起源；宛如展開了一把傘，擱置在地上，在兩人的話語中間，又開了一把，另一把；也彷彿引號中間，插入引號，再一個引號。一段話不知盡頭，不知所終。

在那些不停歇的描述與敘事裡，灰灰像是被加速地推著走，難以將一開始從她口中出發的「我」，重新喚回，而最後亂了套。

灰灰已經厭倦一種居高臨下的目線，像對其他生命做出獨斷的審判。她依然認為，每個句子都在同質化他人，就是放棄理解他人真正的面貌。

當然沒有規定人與人之間必須彼此理解，雖然連說出這生硬的句子，都使灰灰害羞。不過放棄理解，與曲扭理解，後者還是更令人心累，更不能使人平靜。

M透過媒介物所傳達的情感動態，與灰灰在現場所能感受到的，從那些表面言語與施行作為的縫隙中，若可以命名，灰灰卻覺得有種名為「斷裂感」的東西。

M最柔軟的那一塊，似乎不是她說過的那一塊。因此，灰灰感到模模糊糊：在M的內核中心裡，真正在乎的是什麼？什麼是她的優位價值？M顯露的，到底是對權力橫行、宰制他人的不滿，抑或其實也獨尊或維持了由她自己所詮釋的權威？

在那不斷岔出枝蔓的面對面談話裡，灰灰不免還是會表露出自己的苦惱與擔憂；而M，依然決定，成為一個說好結尾的台詞，下好整個總結的角色：「妳不知道嗎？這個世界，本來就是不公平的。」

世間的常識灰灰也有，但如果，所有的敘事，都只是專屬於灰灰與其他人之間的敘事，那麼，M可以在這則動態敘事裡，按下悲傷的表現符號；轉身在另一則、在另一個人同時間曝露的敘事裡，立刻按下笑臉。最終會有什麼樣的心情，留存在M自己那裡？一切僅是急速消逝的過往雲煙嗎？

這會否又是，每一段網絡時代，必須面對的使用者制約——在現代時間的加速之下，在各種手勢的滑動之中，追求最新、最快、最清晰，無論下載或卸載都更加輕省，抽拔與拋逐皆方便的模式？如同散布的商品廣告。

訊息的礦場坑道已經四處皆是，無須徒手探勘，以為挖掘，不過崩落；以為開通，不過阻塞。有人視之珍貴的收藏物，也有人當成立可拋的廢棄物。

可灰灰真正不知道的是，之於M，這樣的自己，倘若依照M的說法——究竟灰灰在這段關係裡，「功能性」何在？

在人情義理裡，她可以提供些什麼？她被看見的模樣與面向，會是什麼樣？是一個裝出氣勢實則怯懦的小動物？對她那份裡外差別，所導致的多災多難，雖無法同感卻依然可笑；還是這交際裡面包含更多的，對一個實體坐在對面的人類之事，無須如此在乎？是否認為，他人的經驗與感受，他人的詮釋與解釋，較之自己，不那麼「正確」，參考性不足；也彷彿實體的共同對話或肉身相見，最終不過就是侵蝕了自己寶貴的時間。而唯有自己，才能單方贖回雙方共同付出的時間空間？

灰灰發現在那樣的過程裡，自己傳達出的神情、話語，最終無法變成一時片刻的，當下回應。所有傳達出的東西，都是先前已經累積的，對於對方每次回應之際的同時感知。那也意指著，灰灰無法做出一種只屬於「當下」的回應，總是需要一段時間的距離，才能顯現出一種看似早已預備好的反彈。

灰灰同樣不想被別人當成一種負面範例：人生正在艱難行進中，卻已被確知成一種無甚多功能的再現形式。她並不是足以用來旁觀、進而判準的教材。

那也是當灰灰察覺，自己與他人的關係，只能聆聽與訴說，否則就沒有坐在原地的理由，的那時。灰灰需要在眼前，看著他人與自己的關係。

灰灰與M的差距，或許在於：灰灰更常轉身觀察自己。所有她發出的聲音與表述的言語，都需要由重新思考自己是個什麼樣的人出發。一旦她想說話，她的敘述，會在不知不覺中變得冗長；有時她會在纏繞的線索裡迷了路。偶爾卻會因此正中核心。

而M的確也以自己為中心，卻似乎更習慣或更喜愛由她自己決定——決定別人從她的眼睛裡看出去，會是怎樣一個人？鏡頭每每向外，更少地向著自己。

果真如此，灰灰想，她倆跨越不了的時間差，就會像是：當自己還想訴說，還未說完，未說到中心之際。M已經替她的隻言片語，完全總結了。

而無法測量的，卻總是那些已經凹陷下去的深度。

為此，灰灰曾經詢問M。當M坦承自己隨口說出的話，大多已不再記得。當同樣的問答，同樣的景況，又在相似的對話裡發生，灰灰從前可以笑出聲，笑著問她這件事，「包括這一次，重複發生過幾次了？」但下一次重複，下一次又重複，好像所有的東西，只有在一瞬間才有其效力，有其意義。過了便什麼也沒有。灰灰後來也詢問過M，「難道妳可以將不想記得的，澈底忘記？」M肯定地說，這件事對她來說，沒有什麼問題。

就像言詞穿上戲衣。所有經過M眼睛裡的，被揀選、編輯之後，放進她的限時動態裡。可以迅速穿上，也可以迅速脫下。

所以，當灰灰與M對話時，更常感覺到自己的敘事總是停滯在某處，凝滯在那個「現在」裡。

「我的存在，應該只是襯托著過往的背景，被目光組裝起來的吧。」

灰灰這樣想。

灰灰並不是想藉此哀悼M的記憶，宛如盛裝在內容物用盡了，即可直接丟棄的容器裡。只有一次性。沒有連續性；也不是對於自己在M眼中與一顆草上露珠可能等價，感到不安全或不滿足。

她沒有那種過度的，所謂人類優於萬物的排序。只是她還是沒有辦法將記憶，統統變成某種一閃而過的動態。

M自然可以選擇遺忘，安穩地度過自己的人生路徑；抹除，為了更順暢地繼續活下去。

那麼，站在制高點，那顆用來裁斷「正確」與否；藉由發生過的、闡述過的記憶，累積而成的基石，要怎麼理直氣壯的墊高、踏穩在上面？不會有讓自己的言語，隨之跌碎的危險嗎？

亦如同另一個社群平台，推出了所謂的「動態回顧」新服務：那些「我的這一天」，在某年今日的歷史貼文。所有的痕跡與紀錄，以為鬼魅般出現，一如自言自語，對照了自己的過去。然而，其實一切，早已被收納進那平台所設定的使用規則裡。

但是，灰灰同樣知道，當我們看著自己以外的種種，創造出它們的身世時，自然也會伴隨著塑造出成見。自己不能要求任何人，藉以不同的高度、視角、方位，調整出遠近距離與觀察姿態，觀看著那些被指認出來的東西，也意識到那些可能被遺漏的東西。

只是最後，灰灰產生不出相同的問題了。既然傾訴是種負荷，她不想再給別人負荷。灰灰明白了一種唯我中心的敘事。一種至高無上的敘事。所以，灰灰已經不想再問：「這一次，這一刻妳又總結出什麼？」那就像是為那些遭受他人貶抑，一閃而過的主觀鏡頭，一格一格暫停下來，分析微小細節，提出自己版本的看法，揭露出這種一次性的虛構。

她失去了力氣。沉默變成她獨有的負荷。

面對面才能明白的這些身體姿態。不願意的眼睛，不願意的表演，灰灰看得出來。於是，這些說也不說的話語，被她記住，一次又一次，轉成或許能夠隨時間淡化，卻磨除不去的刻痕。也成了另一種帶出了真實的傷害。

灰灰的潛台詞後來就變成：發生過的一切，一旦試著對不在故事裡的人訴說，到了最後都會變成我的錯。傾訴是錯。讓別人不耐聆聽是錯。選擇錯誤的對象是錯。這不是一種低階的任性或甩態。她只是需要被看進去。需要眼裡的溫度。

然後有天，灰灰發現她討厭的，其實是M眼中的自己。

聽來過時的成語「多說無益」，如今多麼適合簡潔地用在這裡。灰灰只是以為所有的日常對話，應該都不會轉變成那種正確記憶、術語理解的比拚；抑或，類似研討會議底下，暗潮洶湧的言詞辯論。

但是，如果說，這不是一個極為普通的，兩個莫名相識的人類，陪伴著彼此走上一段路的故事，那麼還會是什麼？

也許所有事物的原因與結論，在M眼裡都可以很簡單；也許M忘記某些事物的浮現，有時需要運氣與意外的連結。種種事物其實互相演繹。種種的線索都互相牽連、跋涉。

後果正在擴散，即使處在演算法之下。

灰灰總將話語，以及那些反覆的事後思索，困鎖在內心裡。當她不意察覺別人輕微的不願意時，第一步總是選擇配合，再退一步，才察覺到自己同等重量的不願意。以致後來才明白，他人讚美過的，自己的所謂性情溫柔，其實就奠基在自我的犧牲。她只是更加不願意，將那一點不愉快直接抒發出來。如此，灰灰不也是站在自己的位置，為自己那些不斷綿延的意識做了辯護嗎？

其後，她在這樣的彼此錯軌裡，也明白，若覺被輕棄了，同樣是後知後覺，有點活該。對這些付出，若有過自我哀緬，也是源於自己眼界與視域的同樣偏狹。她的各種盲視。

那就像在M的限時動態裡，只能作為一種獨屬於一個人的經驗，而不是顯現出一種兩人之間的歷史。她們各自的視點，套用在各自看到的現象裡，成為各自的判別標準，亦層層相扣出她們各自的圈限，因而圈限出的世界。像是所有的錯誤被總合了起來。最終所有的一切，彷彿都會隨之失沒在同樣的闃暗裡。

然而，她們依然只願意在，各種限制了時間的動態裡邊，反覆地生成自己，反覆地點按，只願意在那上面憑依。然後，迅速地，就此失沒在各種來處與去處之間，像是被那樣的空間吸進去。

即使那裡，始終都有一頭大象。或許也可能是一頭，被錯誤定義的，謎樣的，所謂的大象。

唯有一次。緣於灰灰意外得到了一張買一送一的折價券。久違的聚會，就選在那家連鎖咖啡廳裡。灰灰讓M做主，點她想喝的飲品，兩人再對半平分一杯的價錢。

M點購了灰灰平常不輕易嘗試的甜膩類飲品。兩人找到座位，拿到飲品，先各自整理手邊的事。灰灰發現M的飲品，大約只喝了一兩口，就擱置，移到了桌子另一邊，接著，舉起手機，以那樣的角度，拍了張照片。

她們談話，不知道說到哪裡，總之不算爭執，類似小小的齟齬或意見不相合。灰灰討厭任何衝突，倘若沒太大的事情，總會希望溝通完就過去。因為衝突只會轉成傷口，並不會變成彼此理解的情意或愛。

毀壞是不可逆的，至少對灰灰來說。那是一種絕對的，關於傷口的淹沒性——最終，那只會淹沒所有發生過的事情，淹沒她自己。

然而那時，灰灰突然想要對M或許沒有察覺過的強勢與尖銳，提出一點抗議之聲。灰灰那樣音量調高的說話方式，或許也讓M有點驚動了，笑容停頓了會，那種質疑什麼的神情又掃過她的臉上。

灰灰直視著M，卻氣餒地對她說：「妳知道嗎，有時候我其實是妳的鏡子。」

M嘴角慢慢堆帶起灰灰熟悉的微笑，像要繞過這話題，先談往別的地方去。不一會兒，M說要去上洗手間，她起身走開，又中途停住，隔著一點距離轉過來，對著灰灰說：「有時，我覺得，我也是你的鏡子。」

她們卻只願意在，人間起造的其他幻想裡，彼此造就，也彼此蒙蔽。

聲音裡的碑文

離家好一陣子的父親，一聲不響的搬回家來，就住在走道末段，原先用來堆疊雜物的和室房間。

他莫名地捨棄了以往那個可以上鎖的房間，換了一個地方，花上半天時間，將那些紙箱與雜物隨意挪動，再一一填塞到家中的其他零餘空間去。然後鋪上蓆子，放進睡眠工具。

白日，他騎著機車外出，不知晃蕩到哪裡。中午十一點勢必回來坐在餐桌前，翹著二郎腿，等母親做午飯。吃完飯後立刻回到自己的房間，先在房間裡做些什麼，其後，會有片刻的安靜，大約午睡到一兩點，離開房間又出門去。到傍晚五點多回來，坐在餐桌前，等母親做晚飯。

母親在她們倆姊妹都因工作得較晚，原先為了讓菜餚不那麼快冷卻，平均衡量之後，產生了共同默契的用餐時間，如今只好重新為了已經就坐在那裡的那樣一個人，提早做準備，提前上餐桌。

倘若母親有事得出門，就會調整、縮短在外的行程，幾乎算是人身被抓住、牽連般的趕赴。所有歷經長久過程的「原先」，重又跟著被改變。

緣於「吃飯」，這樣的詞彙，是如此作用在這兩個人身上。靜靛從來沒有看過父親自己動手煮食，但他偶爾會吃碗裝泡麵，知道他至少懂得熱水沖泡。也看過他從隔壁的小賣店，買回較便宜的整條香菸；從超商買回一整包油炸蠶豆酥或青碗豆零嘴或甘草瓜子，一顆一顆，在牙齒與口腔裡摩擦，中間夾雜抽幾口菸，呼出口氣。這是他飯後固定下來的愛好。

安靜的晚上，咬得聲音特別響。彷彿是分身之間在不間斷地說話，一種自己對自己的無事閒嗑牙。在場的人都被那樣的聲音涵納進去。無法不聽見。無法不注意。

有一段時間，當大家趁著晚餐時刻，看著電視新聞時，先用餐的他總是在旁開著電腦的音效，打著電玩遊戲，手指不停按著滑鼠按鍵，發出吵雜的噪音。也有過一段時間，他會一邊看著影片，放出音量。各式音效，陌生人聲，突如其來，多音交響。看著新聞的其他人，什麼也聽不明白。

父親或許開始有點重聽的傾向。因為放出聲音來，所以每當靜靛去上洗手間時，總會從那房間裡，傳出好幾個不同的音軌。幾個人拉高音調，語速急促激動，正在互相對立或闡釋些什麼。她從未停下來聽清楚，只是盡量讓聲音，從耳朵外殼流過去。但因這種表演性質十分容易辨認，推測大約是政論對談之類的節目。中間總摻雜別人在他的通訊軟體群組，傳來訊息的提示音。叮咚叮咚。我在我在。許多回應。像代替了在這個家裡問任何話，都不做回應的父親。

房內的父親，何時甦醒，開始活動，靜靛也都知道。母親曾在打掃家裡時，趁父親不在，拉開那和式門扇，轉述給靜靛：他的床頭有一個大垃圾袋，裡面裝得滿滿的，都是菸頭菸蒂。一整大袋。就像是他準備給自己的，從春到冬，一年四季，慢慢保存而來的聖誕大禮包。母親只是當作從未拉開過那扇門。

靜靛察覺到，在這樣的空間裡，她關閉不了眼睛與耳朵。那大抵是另類的以身為器。以身為度。

父親回家之後，那樣的模式就又重新恢復，使得靜靛記起，她還是大學生時，在另一個城市就讀的姊姊，趁暑假前往民宿打工，有天途中發生意外而必須手術開刀，住進醫院。當時母親因配合工廠趕貨，只能在第一天過來看看狀況。一切交由靜靛負責，日夜照料。

父親也來了。自動收下了一些來探訪姊姊的民宿老闆、親近的學校導師，贈與的祝福康復小紅包，然後便跑得不見人影。

從靜靛小的時候就是這樣，父親從來沒有對他之後的目的地，向家裡人傳遞過任何訊息。所以，每當有電話打到家裡來，而不是打進他的手機時，接到電話的任何人只能回答：「出去了，但不知道他到底去了哪裡。」就像是通關密語，對方就會識相的掛斷電話。

母親談論父親時總說他，「出去像丟掉，回來像撿到。」即使在乎也不想追問。過度習慣，已成自然。但靜靛與姊姊都覺得，母親並非不管不顧，而是順著父親的性子，走了一條讓自己的日子，更不舒坦的道路。

母親曾對她們說：就當作你們的父親是一個沒有什麼基礎常識的人，「無伊法」。她的意思是，以她的經驗來看，任何的事先干涉或事後抱怨，最終都只會換來鬱悶與徒勞，那是做為母親的提示與指引。因此，就結果來說，即使她一身常識，她的確沒有足夠的勇氣，儘管改變現狀，盡情探索可能。總如盲者摸象，最後亦如盲者墜海。所有就此錯失的選擇，倘若追問母親，當初為何這樣那樣做，她的答案永遠都只是：「不知影啦，我哪會知道。」

姊姊住院那一週，靜靛坐在病床邊的陪病椅上，看著從超商買來的一本少女時裝雜誌。她身上只留有父親讓她買回便當的餐費。毫無食慾的一天，但可惜著必須使用那樣的花費，去交換無聊空白的時間，就這樣將同樣的內容，反覆翻看了一整週。

其中一天，外出用餐回來的父親，突然笑著對她說：「妳沒有朋友對吧。」不是疑問句，而是肯定句。靜靛抬頭一愣，沒有回答，不知道作為父親的他，為何要如此嘲弄自己？

也許是那一週，靜靛的手機沒有響過。她的確沒有什麼朋友，但被父親說對了，靜靛才更感委屈。

她不知道當時的父親有沒有意識到，自己處在什麼樣的位置，在扮演什麼樣的角色？

人們會因親近的程度，同時決定貶低與傷害的程度，而不見得是正比例。在他們的互動裡，使用更頻繁、被記住更多的，都是些令人不愉快的詞彙，引致了兩人絕不可能愉快的情緒。在他們的關係裡，存在更多的，總是那些叨擾人的小事情、煩人的小東西。也就是常常在這些瞬間，她覺得這大概就是一種狹義的權力；以及每次記起這些瞬間的時候，她都好想離開這裡。

可她一直記得，那些不知道為何要在那個當下說出來的話，如同真實的蟲卵。時間經過，在她腦海裡記錄下來的表情、手勢、身體動作，漸漸讓這些無處宣洩的委屈堆積起來，長出手腳，長出口器，蛀空了真實的葉面。

她後來只能將父親，視為另一個平凡的人類來看待。

靜靛剛起步的那份醒覺是，唯有一件事，她能清楚的感知：那就是她，總是過於專注凝視著自己的缺口；以及那個還沒有病徵，但微微在身體裡面，產生了些許衝突的地方。心涼了一半。已知不適。

學業與經濟上，無論靜靛多麼困窘，選學校、還學貸、繳保險、給家用，照著世間順序，自己摸索著走過來，一切如常自己承擔，連求取一點如何前進的建議也沒有過；升高中、升大學這樣的考試，即使考場分配在較遠的地方，她都自己想辦法搭車過去，也從來無人陪伴。「可不可以順便幫我買個東西」、「出門時順道載我一程」這種話，在這個家裡，她幾乎沒說過。

從前靜靛試探著問過，他們的話語拒絕過，牽動的表情拒絕過。她明白了那不是無法做到，而是無法甘願。於是，她也賭氣著，不再用「可不可以」來發語。這是另一種對家族關係的叛反與無從想像。在這個名為「家屋」的範圍裡，名為「家人」的這些人之間，並沒有所謂的「一般」。

所以，從以前到現在，她覺得對任何人作出請求，都不是可以平靜而普通地說出口的事。雖然這種極其普通的事，她其實很需要。

也許是，過於惋惜那些已經浪費掉的時間，因為家裡的狀況，她既不能向誰傾訴，不能讓人傾聽。那些社交手段之於她的私密情感，便很像冗餘之物，使得她也不是那麼想要主動與他人親近。

人際大抵也是種私人信息交換的戰場，她知道自己無法受人喜愛的原因。沒有人想要教她該怎麼做，但她現在也不會再看向某些企圖指導她人生的指頭了。

所以，在時鐘的指針一格一格前進之中，她習慣了獨處與獨語。如果有人試圖辨別她的行動，一句一句鑑識其話語，就會發現其中許多邏輯錯反、前後矛盾的地方。

他人的不理解，或不當一回事，都是正常的反饋，她沒有辦法自我辯解。因為更多時候，她的聲音是以如實的頻率，抑或如期傳達出去了，然而只是擷取了別人曾經說過的話語。

能夠模仿的次序確定沒錯，那就這樣拼接一起。主詞、動詞、受詞，她不過是生活話語的抄襲大師，以為表露了真實，但根本就不知道自己正在說些什麼。

靜靛覺得，她的一生反正又不會很長，於是跟父親有關的一些，終究是和解與不和解的反覆辯論。繞圈子。是誰說過，「每一個所謂的大人，都是每一個在時間裡面，幸運倖存下來的小孩。」有天，她在一部電視劇劇情裡弄明白了，她身邊那些已經從小孩長大，包裹著大人的外貌皮囊，在她的記憶裡曾經用力傷害過她的人，都被世間的規則認為，是接下來必須，被她原諒、由她原諒、是可以原諒了的小孩。儘管那是她所有防線的敗陣與退後。她知道被如此期待著。

她對好多事已經無動於衷，卻不想放棄對這樣一件件事情生氣的權利。這聽起來或許有點小家子氣，但她承認自己是小家子氣。倘若能夠心智強大或運氣強大，靜靛不會像現在這樣軟弱。耳朵軟弱。心理軟弱。

原來她在生活裡所在意的每一件小事，不過就是為了填補，那個無法真正圓滿的內在空間。終其一生，似乎也只是圓滿了一種自己的貪婪與任性。她也曾想不顧不管，許下心願，要從此變成一個貪婪、任性、以自己為中心，全然不考慮分擔的人。這類型的人，在她所見過的歷史、經驗、記憶、情感裡，總活得比較輕省、自在、舒適，甚至，可能還會有比較好的人生結局。

所以，她整個人，就像是被雨淋濕了一角的紙盒，不由自主地全都蔫了。她甚至覺得，她的人生大抵已經有三分之一的毀敗與扭曲。業已形成了永遠會錯過一些重要事物的人格。

她曾經想過，平心而論，父親大概就是自己在世上最不習慣的那類人。刻意留長的尾指指甲，並且髒黃。那布滿菸灰，從不擦拭的電腦鍵盤。學會上網不久，總是下載色情影片在電腦裡，占據了家中網路的流量。因為他會讓較懂電腦問題的姊姊幫忙處理，或許還不懂隱藏的方式，所以這些事情就這樣直白地，攤開在那裡。

童幼時期，母親若在某晚早早將姊妹倆趕進同睡的房間，從客廳那裡，便會傳來奇異細軟的呢喃。母親也知道，當時姊妹倆站起來的高度，從那房間的小窗戶，可以看出去的角度，正好能對上電視裡赤身裸體的畫面，所以才會讓她們倆快點閉上眼睛，甚至遮住耳朵，掩蓋那種酷刑式的尖叫。

成年了，心智與知識也都成熟了的靜靛，當然明白，每個人心中皆有屬意的性慾癖好與形式。而一個人活著，若要組建婚姻家庭，都會帶著原來的性情與慾望，成為另一個人的親人。

這件事她當然也知道：那裡有很明顯地，同時是關於她自己情緒上的問題。那或許是一種針對，包括對於一個人類缺陷的過度關注，對人類製造聲音的過度敏感。

例如說，父親的手機設定以高尖女聲歌唱〈思想起〉作為來電鈴聲。不想接起時，他就任憑那女聲一直哀戚地，再唱一段思想起。那第一個「再」字一唱，便會刮搔著靜靛的耳朵。

林林總總突變成一種制約與反射，反映在心的厭倦，終至擴散成生活上的可悲、嚴重的累贅。

靜靛不想高高在上的說，他所做的事情都毫無意義，抑或那些意義遠比她自己即將獲得的，較之低下。她不是要他站在次等的位置上。她不滿意的只是，那些大抵都是可以為了他人稍稍避開的行為，可是父親自己的需求永遠在最優位。無論那會掩蓋什麼樣的他人努力；轉而帶來什麼樣的，令人要付出更多努力的結果。

所以，她非常討厭人類發送出來的所謂噪音，尤其那些可以自我調節的聲音。

就像令她印象深刻的一則新聞內容：美國長久在軍事與警備上，運用一種名為「拾音裝置」的聲波武器，透過一種耳朵難以承受的聲量，如被長距離砲擊般，驅散那些集結在一起的群眾，讓他們就此分離。

如今，又有一種拾音與干擾的裝置，申請了專利，尚待製作或實驗。它是透過長距離麥克風，錄下指定對象自己的聲音，將聲波強化後，反過來，對想要打擊的對象再用揚聲器播放。

報導這樣寫：「這時聲音分成兩軌，其中一軌與原始人聲同步，另一軌聲音則延遲數百毫秒，因此產生的回音效果，理論上可以使對方混淆，阻礙他們繼續講話。」

能夠成為一種新型揚聲武器的原因，即是，自己發出的聲音，在時間的延遲之後，又重新以自己的聲音，回饋給自己。

抗爭中的人們，從而對這樣的重疊與錯開，感到困惑。在這樣混淆與試圖辨識的間隙，失去了作戰時應有的專注力。所以，它成為了一種讓人無法集中、渙散精神，因此分心的作戰方式。

靜靛的情緒落到最低的時候，也會覺得世間一切本該自作自受，為何總是無辜旁人跟著遭殃。但靜靛還是希望，至少讓母親學會，拒絕被家務勞動所剝削，被情感勒索，或自我綁縛。母親卻始終不能。

過往那些父親自己弄掉的、弄髒的、弄壞的東西，無論是地上的衣物或抹布，地上的鞋印、菸灰或尿液，甚至是地上的菜葉或顆破雞蛋，他總是毫無收拾地都留在原地。然而，卻像是更往前一步地，侵害了他們的共有之地與共有之物。

靜靛跟母親說，不要再為他設定什麼生活的安全範圍了。讓他所浪擲的、汙染的殘局，由他自己承擔、自己收拾。

「他不是毫無自主能力的人，不是還脫離不了口腔期的嬰孩。我們也不是他的奴隸。」靜靛不平地說。

得到的回應，卻是母親的自嘲：「他什麼都不用做，就有免費的奴隸多麼好。」

所以靜靛覺得，在這個家庭成長與生活的人，面對更多的，其實是那樣「眼不見為淨」的議題。而起身收拾的，的確就是那一個，對這模樣看不過去的人。

然而，她倆的母親，明明是個會將在捕鼠籠內捉到的灰色大鼠，裝進塑膠袋裡，不管靜靛怎麼苦求，希望母親可以選擇比較好、比較人道的處理方式，卻用棍子直擊打死的人。母親在這一面可以狠下心來，奪去一條她認為「不該出現在這裡」的生命，對另一個人卻無法嚴厲。

在記起這件事的同時，靜靛也想起母親曾經告訴自己：小時候上下學，她都得從遠地走上一小時的山路，親身體會了那被稱為「遠足」的行路。

某天放學回家，她怎麼也找不著家裡放養的那條，因為耳朵上的一圈金毛，由外婆取名叫做「金耳」的狗狗。整理好自己之後，只能先專心吃著外婆在桌上已備好的一鍋肉品。掀蓋之後香氣四溢，她吃得忘乎所以，十分飽足。再趁著天色全然暗下之前，重新到巷裡街上，叫喚不知去向的金耳。

怎麼也找不著金耳的身影。外婆才告訴她，找不回來了。她去上學的其間，金耳在巷口轉角被一台貨車撞死了。外婆把金耳的肉身收拾回來，就是她們剛剛吃下肚的那鍋肉品。

靜靛不記得在什麼談話脈絡下，母親要轉述這個幼時經歷給她聽。但母親的語氣，聽來並不打算表述成一種無法忘記的生命創傷。還是，這可以說明，她們一家的無情，其實是一種血緣上的繼承？

人之多面，陰狠與良善。天地之不仁，把什麼都當成祭奠後即丟棄的芻狗。對真實生命的不執著；對無生命的，如體制的執著。意念似乎有其決定性。然而或許，這些殘忍的比例，卻始終無法正確。

說起來，靜靛不也一樣嗎？只是那條表面的路徑，剛好呈現成相反的樣貌——對弱小的動物生命，可以有比較多的關注與同理。她的殘忍，卻是對於，從頭聽取父親的故事，再也無有興趣。也就從此失去，明白一個人如何走過來的原因。

放置了這樣一個血親，在靜靛與母親之間，說明她們是如此相似，卻也如此不同。彷彿待在這樣的相對面，屬於她倆的存在、位置與關係，才能被凸顯出來。

但她與母親並不是什麼平衡的對稱象徵，在這個家裡發生的一切，也不免使得那些看似心甘情願的勞動、休止與停棲，其所涵蓋的理由，常常變得滑稽起來。

靜靛只是想要畫下個人的界線，只是想要活在一個比較乾淨，少有人為汙染的地方，只想關注她自己而不可得。所以，那樣的自我犧牲感，在她還沒意識到的時候，已經與日俱增，遂變成一種身心都緊張的日子。

而這終究是一段太漫長的過渡階段，所以靜靛只能鴕鳥般同意母親：兩害相權，取其輕。兩極之間二選一。要嘛就視而不見，要嘛當作無甚要緊，沒太大事發生。

父親突然離家，聽說是居住在山上的友人處。他在那裡用過往的建築工技術，為所有人蓋了一間鐵皮屋。再從家裡一點一點，用汽車搬運了如棉被、風扇等生活用品過去，那些甚且不是他自己購買的，甚至有些是母親正在使用中的。然而並非完全不知行蹤，所以覺得無需掛心。

他不在的那時，她卻有一種感覺：宛若一個終於可以在自己的島上，在正常日升月落的時間，用普通、不蜷曲的姿勢睡覺的人。她重新獲得了一種時空的隔離，被一種「其餘」的感受包裹著。認為自己可以一點一點，重新被周遭寵愛，甚至開始同意，自己生活在如此世界之間，確實有了正當的資格。

然而，靜靛發現她的記憶，依然還是，更容易回到那份艱難的個人敘事裡去。

宛如一個受過重傷的人般，她總試著將那些真實發生在身上的創傷，當作是發生在別人身上的故事；當作是從別人那裡聽來的故事，自己會好過一些。所以說，靜靛不只此刻，而是這一生，需要的是編織自己故事的能力，以及美化自己歷史的能力。

也許是與山上友人爭吵或什麼原因，父親什麼也沒說，把搬出去的東西，重新運載回來。卻已不齊全。

並非父親可能的身心症狀毫不重要，只是靜靛覺得，要去習慣這樣的日常生活已經好累。她甚至不知道該不該引述這樣的故事，不知道還能怎麼讓別人明白。

周身的聲音，彷彿刻印在她身上的歷史銘文。她的個人歷史，雖然有過決心要優雅，但這樣的她，要怎麼繼續理解他人的聲音？

如同靜靛在進入前公司的第一天，前輩便分配給她錄音帶轉檔的工作，正好接手即將離職的同事所負責的項目。前輩領她到約一坪大，燈光較暗、溫度較低的儲物間裡。推開較具重量的門，裡頭開啟了除濕機，幾個鐵架上下堆疊著許多看來年分已久，有點潮味的紙箱。

前輩掀開其中一箱，裡面全都塞滿了錄音帶。側標以不同字跡、不同顏色的原子筆標記，記錄下時間與主題。

前輩說，這些錄音帶大抵有十五、二十年起跳，甚至三十年以上的歷史，是當年彼時，那些社運活動現場的錄音。

靜靛聽著前輩說話，想著那些錄音帶靜靜待在世上的時間。有的比她的出生年還要更早。而她的工作，就是每天將那些錄音帶裡的聲音，轉成數位檔。

然而，前輩卻說，資料中心缺少了相應的軟體和連接線，轉檔方式只能土法煉鋼。靜靛環顧著那個辦公空間裡，所備有的種種工具。連帶人情來往、連帶薪資核定，依然只是基本供需，都是早期舊式；因此也明白了那裡，勢必有著同樣因重要性的相關順序，而被延擱下來的種種問題。

她並不是更有經驗或更聰明的人，所以，她也不知道有沒有更聰明的辦法。只是依循慣例，照著從前。在每個工作日，提著大台錄音機，走到儲物間去，將聲音轉成適量，將錄音帶播放出來，然後在前方放置錄音筆，一卷完成之後，再將內容另外存成數位檔，一一標記，存進電腦，集中許多檔案後，最後燒錄成光碟片。

當她走往另一邊的辦公桌時，小小的儲物間裡，總傳出一種悶悶的，像是在某會場，有人正在演講的聲音。就像重新回到歷史現場一樣。而她在門外沒有進去。

畢竟是老舊了，遇到幾次卡帶的時候，那意指著，磁帶在錄音帶裡纏繞起來。恢復的方式，只能將纏繞卡著的帶子解開。此時，必須輕輕地、慢慢地將帶子從孔洞拉出來，然後用那種六角的黃色鉛筆，插進驅動孔裡，再慢慢地轉起來。將磁帶用倒帶的方式，捲回錄音帶裡。

但有幾次，是真的不行。磁帶已經脆弱到，在捲回的過程中突然斷掉；或者，皺掉的磁帶，無法在捲回的過程，重新壓平。那卷錄音帶毀損了，而只錄到一半的聲音，也就只能用這樣的方式重新保留。

靜靛十分焦急地問了前輩。她並不是覺得前輩有其他的方式，但也不曾想過，前輩只是如入定般，毫無情緒地說，「沒有關係。」

靜靛想了一想，還是告訴前輩，她覺得自己好像在毀掉一段歷史。由她，親手，毀掉一段重要的歷史。就算有人告訴她沒關係。

每日大約能轉換個十多卷。期間做別的工作，她常會分心出去，總不時側耳傾聽。當儲物間裡的聲音，突然停止時，她的腳底便會傳來一種麻麻的感覺。

「這些物件不可能只是單向的給予我們記憶，而不對我們從中抽取出什麼吧？」靜靛最後決定離開這份工作的時候，這麼想著。

在這樣的轉換之間，及其所創造的，還能算是另一種新生嗎？如此作業所追求的，不是完全的複製，而只是盡量、盡可能的相似嗎？

然而，她也不知道，該怎麼驗證那些死亡或失去的時刻。而又有誰能為誰，抄寫下那些聲音裡的碑文。

但她依然記得，二〇二一年三月，上網瀏覽時，看到了卡式錄音帶發明人、荷蘭工程師奧騰斯（Lou Ottens）逝世的電子新聞。遂跟著想起了，之前離開的這份資料中心的轉檔工作。那些還封閉在許多紙箱裡的錄音帶，以及，接續這份作業的某個人，是不是也會在某個時刻，如同她自己曾經感覺的，還在那裡轉錄或壞毀著他人的歷史？

終於也有那麼一天，新鮮的人們也會問起，那些他們從未見過，只流轉在舊去人們口中的所謂錄音帶，在已經過去的那個時候，到底帶有什麼樣的用途吧？

於是，靜靛在離開那份工作後的某天晚上，經過父親的房間，聽到那樣不知來自何人的聲音時，她的記憶突然回到了那個ＣＤ唱片尚且較為昂貴，錄音帶仍是父親常用的生活品項，她自己大約是高年級小學生的年紀。

那一天，她伴著開車的父親，已經不記得要去哪裡。車上只有她一個，媽媽與姊姊不知為何都不在。在她腦海裡，只存有一個印象：父親將車子暫時停在路邊或某處，在車子前方與誰說著話。隔著那距離，靜靛什麼也聽不見。坐在副駕駛座的她覺得無聊，便打開了前方的置物箱，發現裡面有幾卷錄音帶。

她以為那一樣是父親自己錄製的，經常在車上播放的台語國語流行曲，便將其中一卷沒有標籤的錄音帶，放進車內音響裡。聲音挺模糊，多是雜音，間雜著大段的空白，她以為是部分錄製失敗，於是將聲音轉得再大一些。終於傳出來的，不是誰的歌聲，而是誰的說話聲。仔細地聽了一會，她突然能夠辨別，那是前幾天，她自己與打電話來家裡的同學，在電話裡閒聊的內容。過了一會，她看到父親神色緊張的跑過來，告訴她那個不能聽，於是，她便裝做什麼也沒聽見，按下退出鍵，將錄音帶放回卡匣，再放回置物箱裡。

後來，她一直沒跟任何人說。她也不敢與任何人說。儘管靜靛可能意識到了，父親那樣偷偷的錄音，不一定是針對她，而是使用家中那支電話的所有人。

但從那天起，她不再使用那支電話撥打給別人。當別人撥打過來時，她或許顯得語速急促，緊張兮兮，很快就想掛斷。裡面不再有太多的情感，只會是一些誰都可以知道的事情。因此，有些初次通話的同學，事後告訴她，她電話中的聲音，跟本人說話的聲音，好像「不大一樣」。

大概從那時候開始，靜靛所能感受到的人身自由，不只是用與某些人的物理距離進行衡量，漸漸地，也包含了心理距離。所以，她已經知道親近誰，會比遠離，更加痛苦。

在那裡面，曾經有她不能知道，但現在她也已經不想再知道的故事。或許那些，她所聽到的聲音，終於變成了某種代價。

一地心碎煙火

如果放在電視劇裡，莫栗大概是個形象設定太複雜的角色。也許就因為太過複雜了，所以讓人很難產生共感。

她看起來似乎很少有情緒，至少表面是這樣。如果別人覺得她的臉長得好看，那麼當她面無表情的時候，就形容她有一張這個時代當紅的厭世臉；如果別人覺得她長得難看，就埋怨她總是故意嘴角向下，垮著一張豪不情願的臭臉。

她臉上的肌肉強度與弧度，每一次大抵都差不了多少，然而對於探測她內心活動的定義，卻常是自由心證。這也總是成了，對她這個人非黑即白，甚至擴及到整體的主要敘述。

嘴角原來就向下耷拉著，嘴邊肉也隨著年紀慢慢下垂，鏡子裡的她無法展現成一種哭天搶地的表演，只是平靜地接受，平靜的奇怪著。

其實不知道從什麼時候開始，她意識到了這樣的事：一旦自己針對某件事物，開始在腦海裡發揮一絲想像，並且通常是偏往美好的那一面，原先已經篤定下來，已然確定的一切，好幾次就在不久之後，突然接到來自於電話或電郵的通知，在她面前，整件事情完全破滅。即便她去信、去追問、去要求原來的結果，都沒有再抵達那些想像與未來的任何可能。

還過得去的時候，她當作是數學上的機率；過不去的時候，只能咬牙切齒地做為命運的指示。簡直莫名其妙。

所以，當莫栗視為生活娛樂，去看每年、每周、每日的星座運勢時，都會下意識地，將那些組合起來為好運的敘述文字，當作極其普通的，使用一本普通的字典，查詢其例句一樣，同樣極為中性的，心中毫無波瀾的看過去。無關研究與偏好，或者收集與分析，她對一本厚重辭典，沒有非如此不可的執著心，沒有企圖往下鑽研學問的愛意，也沒有事後驗證的餘裕。就只是對那些真的發生過，或被寫中的壞事，最為深刻。

所以，同時地，只留下了與那樣的文字，預言般相應的腦內印象。就此當作她專屬機運的邏輯。是一種只存在她內心的科學。

因此，一旦真的有所謂的「好事」，如願且如期地發生在莫栗身上，表面上看起來，她無法展現出雀躍。不像別人一樣，看起來如此幸福快樂。然而，只有她自己知道，那或許是日常裡，遭逢一萬次壞運，才可能交換來的一次好運。她當然也知道，沒有一件事會輕易發生。但某些壞事，也從來沒有對她的命運允諾，絕不發生。

那種壞運，是看似不足道的小事，卻並非因自己的疏忽或粗心造成的那類。舉例來說，並不是那種，在大熱天裡，忍著暑氣，快走到目的地了，才發現缺少了原本要攜帶的某樣東西，只能汗濕淋漓地原路折返。不是那種，例如說，聽說今日午後可能會下雨，卻還是忘帶雨傘淋了一身濕之類。也不是那種，例如說，突然想念起某個小攤，走了很遠的路，心無旁騖，沿途只看著這個目標，到達後，卻發現那店家不是倒閉了，就是公休了。

不是天道好輪迴、蒼天饒過誰，那種大家公平或世界大同式，每人都只能一生一世的肉身滅絕。而是更加專屬的、更加屬於不可知的，有時也著實更令她絕望的，那種不甚公平的事。

總是那種，若她不舉出細節上有什麼差異的例子，他人便不可能明白的事。比方說，她購買了某項商品，為了節省運費，跟其他東西一起結了帳。確認了訂單，她順便讚賞了自己的眼力，以及在時間壓力下，發現了並搶購到的努力。已經想好了各種用法，萬分期待商品的到來。隔兩日，店家來信說，其他可以照訂單寄出，但其中一項庫存不夠，因此無法出貨。而不能出貨的，就是那個她自己一開始就買下的，她真正想要的東西。

或是，她期待寄到的東西，開箱時發現對方寄錯了或壞損了，又得再寄回去，寄回的運費卻是自己負擔。或者，一封在規定時間截止之前，為了達到下一個目標所寄出的電郵。系統同時也自動留下了寄件備份。過了好一陣子，沒有收到任何回音。可能是她過度的禮節或過度堅持什麼，她覺得經過的時間足以讓對方處理完成，還綽綽有餘，才去信詢問。對方卻堅持從來沒有收到。她只好回頭找出備份信匣裡的原始信件，重新附上轉寄過去，只是為了證明自己沒有說謊。而又得重新等上一段回覆的時間。

像這類原因不是出自於她自身的事，她付出心血卻沒得到的東西，往往是別人跟她說：不好意思、抱歉，是我們的錯所導致。但耽擱的時間已經喚不回來，重新梳理也不一定能回予較好的信息。

莫栗覺得，那往往都是因為她太期待了。她太想知道，那樣的東西，嵌在她未來的生活裡，會是什麼模樣？然而，她有時也會這樣想，那些她覺得「沒有」的東西，失去了的生活，會否是因她沒有好好領悟，遂如此視而不見？

莫栗並不想時時刻刻帶著有時巨大、有時微小的恨意，隨便過生活。但她也不可能終究完全不察覺到這些，隨便過生活。這些小事，日日累積的情緒，如塵埃沉落下來；如毒素，足以緩慢的滲透到一個人的生命裡。

她只想請求，不要信誓旦旦對她說：「你對世界與他人漠不關心，怎可能得到一種來自他人與世界的愛的回報？」

即便她與這個世界沒有任何契約，可是她也總想著，難道不會有人正在經歷著她所經歷過的所有事情，而有著類似的感受嗎？

擁有壞的運氣這件事，不是一次都不可以。對莫栗而言，這大概是關於運氣的階級屬性。她既擔心別人最後只看見那樣的好運，讚美她得到那樣的大幸運，就以為她天生帶著那樣得到好運的體質。

「運氣真好」，這句話不是完全正確。但因為事實與一份較好的結果擺在眼前，人們就直接這麼相信了，這使她難受。

她不想被歸納成運氣很好的人，抑或好像只是很軟弱而被動地接受這樣的成果。那樣的目光，偶爾會在投射過來的時候，順便壓倒她。這種目光，就是種生命疲憊的延伸。

她只是很普通的，順從自己的慾望，心裡有計畫，然後就去做，大部分實踐過後的成果都是失敗。「被拒絕」，幾乎就是她勞動過後的常態。這樣的次數明明多更多，但這並不意味著，她未曾做過努力。

莫栗覺得從那樣一萬次的日常打擊中，還能勉強站起來的自己，更值得肯定。那其中，曾經無數次承受其壓倒性重量之苦難，反而不被算上。可是要重頭解釋一輪，又擔心別人覺得她不懂感恩還四處拿喬。面對這樣的事態，她沒有更積極的方式可以處理，但也不想讓恐懼的迷霧，大肆的籠罩著自己。

她試著想得通透些，將情緒內化過後，抵達一種緩慢的平衡。目前所追求的，不過就是日常的情緒穩定。

林林總總關乎生命的自由，以及存在的主題，使得莫栗看起來像是已經建築好了自己的邊界。很少有人能跨越，甚且進到中心的那種邊界。有著極高的外牆。

然而，謹慎地思來想去，這也是她仍攜帶著誠實的能力，以及坦然面對自己的結果。透過一種她覺得「不說不會明白，說了也不明白」的曖昧狀態，莫栗只是捉住了這樣的重心，然後走到現在。所以，若有能稍微了解她的人，只能猜測她會這麼說：「不用對我這人動員這麼大的框架吧。」

可是，一直存在莫栗的身體之內，像是被壓抑下來的不和諧音，總會在某些時刻，經過一種跟日常錯開，甚至對立的狀態，抑或，突然多出了時間上的允許，而突然地被察覺。被她自己澈底的明白。

所以，有時候她只是聽著一首歌曲，看著一部戲劇，對外在的感覺更自然的作用時，卻會哭得像是在這一刻，她澈底失去了自己。失去了星辰。

彷彿這一刻的日常生活，就是一場關於自己的葬禮。

她成為了一個，無法花太多時間與其他人親密相處的中年人，抗拒別人有力的接近；花了許多時間應付自己突如其來的，獨自的哭泣。然後，花更多時間去接受，那些被自己表現出來的悲傷。

因此，她也不會輕鬆的擺擺手說，「不是的不是的，我們可不可以為一個更脆弱的人著想？」

所以，她能理解為何有人會突然怨憎起，那些口頭說十分「厭世」，但行為表現卻相反地，「想活得很」的身邊人。

也厭煩了這些人，對自己強烈而飽滿的求生意志，卻不能誠實以對。

難道這些厭世之表態，果真成了某種流行，被劃分在，活得比較有滋有味的範圍，被置放在比較具有質感與高度之處？

莫栗很難過，甚至過不去，為什麼連這麼悲傷的事情，人們都要互相欺騙呢？為何不能讓誠實的人，平和地活在自己的痛苦裡？不就因為如此，使得有些人需要更用力、更激烈的證明，自己不是在口頭喊苦，不是在肉麻且矯作的搞齣盛大的表演？

「我想好好活下去」，這句話並不是倒反過來的，對生命的詛咒。如果人們真的這樣想。熱愛就熱愛。厭棄就厭棄。困難是真的。想死掉不是。說出來的，不要騙人。

那總是關於愛與死的對峙、相抵、改寫之夜。

像她時常說出口的話，她是真的這樣想：無法理解這個世界，哪有那麼多值得愛的男男女女？

因此知道，她心裡那份最大的陰翳，或許來自於：已經找不大到，想要讓日漸衰老的，自己的這身體，繼續努力下去，自然地留在這個世界的東西。一個人或一份藉口，都沒有歡喜來到她身邊。

如在網路上看到的句子：希望是有限的，絕望是無限的。

不去愛人類，或許也只是矛盾地希望，這個世界的人類能夠LOVE ME BACK而不可得。一萬次的勇敢，換來一萬次的空虛。如同中年導演的中年句子：「想不到一奔子就到中年，才發現中年碎了一地的煙火。」

當莫栗原先堅持的情緒曲線，掉落了下來，其實沒有什麼特別的事發生。通常只是有人問起，而她需要為自己常年單身，既不結婚，也沒有任何戀愛的傾向；為了她無法替自己製造一些新的家人，找出一個更新的、適當的理由。只有在這種時候、這個瞬間，她會思考，要不要稍稍對世界讓步。

但是，她已經不再有更新的生活素材、別樣的愛情故事，可以對人傾訴。也不再願意傾訴。

莫栗隱身在社群軟體裡，常日不語，不發文、不點讚，不換頭像，只是如常看著從前舊友，描述近日的生活。而她發現自己，真的不想再透過已有固定使用方式的媒介，積極認識任何一位新人了。

因此，莫栗放棄了原先預備下載的交友軟體APP。那樣看著他人的人生照片或文字檔案，透過左滑右滑，接受拒絕，決定要不要認識這一個人，交不交朋友，是不是雙向奔赴的遊戲價值觀。最後她還是不去投身了。不打算去玩了。

她總覺得，她在日常生活裡，透過能夠施行的技藝，一步一步地肯定自己，緩慢建立起來的自我價值，可能就會那樣，在一吋一吋的，對肉身長短、優生衡量、口袋厚薄、家族優劣的放大鏡檢視之中，接著被摧毀殆盡。

莫栗自己真的是好不容易，從那些把人押進垃圾堆，丟進爛泥沼的，所謂外物共識裡，收拾起所謂的破銅爛鐵，用盡力氣，拚了命地打造出較為堅硬，稍能抵禦的外殼。她不懂為什麼，事到如今，自己還想要進入跟這些價值觀，勢必完全相反的姻緣市場裡，用那樣的迷戀，重新把自己摧毀？

如果要那樣，自己就會活在那些沒能做到的過去裡。否定活成這樣的現在。充滿對別人的忌妒與羨慕。甚至怨憎起自己的出生，一開始就沒有給自己相對的好運氣。她以為自己所試圖信仰的，並非那樣的共同性。

她只是偶爾在日常裡做夢，但接受現實。每天那些微痛，卻不至於致命的現實情況，總也不時出現，讓自己像被路旁的狗尾草，突然擊打了臉一樣，微痛地讓夢遊中的她完全清醒。但她從來都不覺得做夢有什麼不好。能強制停滯、結束那樣的夢的，只有真正的死亡。而那死亡之事，不過瞬間之事。死去就是死去了。既不會在這個地方，也不會去任何地方。

然而，時光多半乏味，最近那些原來隱藏在最底下的災禍，紛紛浮出地表來。所有分明的東西，就是危險。殘夢是危險的。絕望是危險的。喧囂是危險的。

如果她有一時一刻，等待著她的世界快好起來，希望依然是危險的。

的確就是一份好或壞的個人運氣，同時參與了整段的人間命運。而當下覺得那些屬於「壞」的部分，攪和了原先預想應該屬於「好」的部分。是不是那樣，莫栗真的不知道，只是不斷的申論，不斷的談論，多少也會讓自己厭煩起那些，半分都無法挪動，又不能由自己的力氣決定的東西。

那些她沒能做的事，沒能做到的事，像是脫軌般的事，其實就是很簡單的——她始終一直一直，都在揹負著自己所謂的壞運。「已經遭遇那麼多了，真是好衰尾啊。倒楣透頂了。」為什麼這不能也是份人生解答？

她接著想起了，那個用了人生的十幾二十年，勇敢實踐著夢想，乘著飛機，為這座島嶼在空中，用影像一次又一次，記錄下這層疊的歷史，拍下美麗與醜惡共存，天作與人為共造的那些景觀。有天，正常出發飛行，然後，不知何故，突然從天空落了下來的人。

這就是在人生的偶然之中迎向祂，迎向神，迎向所謂的「神的最好安排」嗎？那人的孩子在告別式上，不解地詢問。

過來人曾說，神只會給你可以承受得住的痛苦。性格複雜的她有懷疑：「這真的是承受痛苦到極限，最後安全無大事之人的經驗談嗎？」

「倘若不願承受痛苦是不行的嗎？」

那所謂的「神的旨意」，會否就是關於人的，喧囂無用後的只能沉默？

她可能也有過答案，不久後又被自己推翻。無論走向悲喜劇，一切都是神的旨意。但她希望不要這樣說。

只是，當莫栗重新察覺到，自己現在為止的人類生命裡，出現過的男男女女，從來都沒有如她想要的「LOVE ME BACK」，彷彿只有她愛失格，愛無能。

她還是會在哭得像是自己突然死掉了的那些晚上，倔強地，對那些不知從哪個陌生的地方，傳送過來的所謂神的旨意，就此宣告：「即使我沒有找到一個要我不要死的對象，但我也沒有想要為了誰在這個世上留下來。」

原來她還在那裡。一直在那裡。在那些晚上裡。莫栗用了「現在為止」這樣的詞彙，不是設下了什麼傷害的停損點，正軌時間的截止線。然而，可能是，她還是想要試著相信；她依然會在軟弱無力時，不禁想要雙手合十祈禱：世間至少能保有一種，足以承接的目光，相對的溫柔。

但也覺得，自己已經變得更加的功利。她會祈求力量的幫助，一旦那份力量沒有答應她，沒有一絲回報的可能，她就會立刻退去所有信任。

也許她的人生時間短得不會有這麼一天；也或許總會有這麼一天。在一種偶然的好運裡，她會在那些看起來無關緊要的瑣細事物之間，察覺到這個事物與那個事物，原來早已經出現過的種種關聯。

某些信仰，或許是因為，許多事情她總是不夠清楚，弄不明白，然而，卻已被要求放棄。她不同意如此放棄。

然而，也是她在很久之後，並且唯一明白的：有些愛，經過刻意的立志之後，就會隨之風消雲散。

內容農場

小豬坐在任何人面前，總是可以侃侃而談。然而，當他口中的詞彙突然空了的時候，他就會停頓下來，然後，大概在胸下、腹部上面的地方，用雙手的手指，框出一個分開的圓。就好像剛剛忘記了的東西，會重新進到那個雙手之間的範圍來，而那些詞彙也會跟著被吸納進來，重新變得圓滿。

忘得澈底，於是打算放棄的時候，小豬就會將手指朝內，在擺動的空隙中，像是握著流沙一般，不斷想要抓緊。這樣的手勢，或許是一種讓他覺得自己有在努力的儀式。

小豬偶爾會在談話之中，向對方告解某些心情，但他的描繪，則幾乎接近一種書本文字般的書面語，一顆一顆的印刷出來，一字一字的表達出來，而非生活裡那樣習慣聽說的口頭語——因此顯得僵硬、嚴肅，又無法立刻使人明白。傾聽的那個人，為了好好梳理，只能在自己的腦海裡，如他同樣繞一大圈。

唯有能梳理完成並且上心的人，才能明白，適才小赭那話裡的大意是：當某一個人看著自己經歷過的一切，在遠離了風暴的中心之後，得以隔著一點適當的距離，如同坐在車內，藉由幾乎透明的車窗，用一雙自己的眼睛，凝視著車窗外的風景與投影。

小赭想說的，如同這樣比附的意義，並不是一種刻意將話題延長的廢話：他覺得，那樣向外看去的眼睛，永遠隔著一步之遙，只能表述自己的無知。那樣的視角，因著個人的理由，或許總是會缺少某個部分，也缺少了一點其他的敘事吧。

然而，倘若那一個人能夠從外處，透過車窗，看向車內的景象，就可以全然理解那裡面的存在，及其曾經親歷的旅程嗎？

宛如一個有才華、又有實行能力的影像創作者，不會為了表現一件事實的全面化，而填塞全部的鏡頭。即使運作全知觀察的視角，也只會捉出最重要的，最想讓觀影者看見的核心線索。否則，整個情節與概念便會不知所云、太過雜亂。

填滿了畫面的東西，反倒因讓人忙碌於捕捉，而難以看見那些真正想要展現出來，卻在那裡，先暫時隱藏起來的東西。那些處於邊緣地帶的東西，以及在原來的空間裡，那些同樣確實且存在的東西，或許就會這樣被遺漏了。

雖然那樣的調度與安排，也可能是一個如何超越人的惰性，盡可能達致客觀的問題。

當一個人身上附加的某樣物事是空的，但在另一個人身上附加的卻是實的，或許這兩人，就很難在同時現身的空間裡，產生一種對等。彼此一旦對話，就這樣轉而變成一種空與空的實踐。

這就是之所以，只有在某些時候，某個人的某樣回答，才會真正傷害，或救贖過誰的心。

小赭喜歡在談話裡舉上例子，或者使用隱喻。一方面紓解過於沉重的心；一方面試著用某種比較輕盈且詼諧的方式，去創造一種新的關係。儘管在試著輕盈這方面，更常是失敗的。

他以例子來加以提問：比方說好了，如果用比較數學的框框，去精心計算一個人在日常裡所使用的字詞，及其頻率，是否可以作為一種方式，如獻出貢物般，全盤或至少某種程度上，獻出了當時那一段時間的心理狀態與生活過程？那些字詞，就這麼，總地同時包含著一個人如何在現實裡，呈現出某種徵兆與情狀的樣子？

小豬想問的，不是現實，是夢境裡的那些語言。

暫時無視夢境的內容，如何作為一種分析、歸納、研究的理論基礎這件事。如果說這行為，是人類活動裡最簡單的一種，大抵是因為無論它曾如何地璀璨，醒來之後就必須歸零，成為剛剛過去的東西。可能變成空勺漏洞。

但它又可能是最複雜的一種，用來形容歡愉的、原始的、本能的、慾望的各樣詞彙，以及那些消失的、壞毀的，幻滅的、減損的一切。

總依賴人的腦袋作為一種移動的容器，發出虛構的內容，而虛構的種種或許早已螺旋狀的存在於此了。

最近，也許是因為炎熱的夏季，小赭很難成眠。他同時也察覺到，因為理解了失眠這件事的意義，從而疊加成一種壓力與擠迫：太過意識時鐘秒針的吵鬧，對毫無睏意，無法入睡，心裡苦而不能說。

當小赭獨自在凌晨時分，坐在客廳，將電視打開，為了不吵醒個人房間最靠近客廳，早睡的母親，將她剛剛看著熱鬧八點檔的音量，快速向下按壓遙控器的音量鍵，只到微弱尚能聽見的狀態；將一座立式的老舊風扇，轉到最強勁的風量。獨留下這些聲音。

可是，若非失眠，小赭不會發現母親有了夢囈的習慣。

他當然不會得知夢裡的內容。有時直到白日到來，母親早起，小赭只睡了一下子，體感上疲憊，清醒的時間才緩緩跟她接上。小赭裝作無心地問，「妳昨夜夢見了什麼？」母親時常不再記得。

如果夢是現實的折射，母親究竟在白日的內心裡種植了什麼，見到了什麼，轉成了什麼符號？才會在深夜裡，折射成，流暢地說出自己未曾學習過的異國語言一般；抑或，斷續、沒有邏輯的，一種人類聲音的延伸。

有好幾個夜裡，她更像是無法張口般，完全悶鎖在嘴裡的聲音，讓小赭跟著產生了一種驚恐的共振。

有次，母親發出了宛如汽車警報器被觸動時的細細尖聲。另外一次，小赭清楚聽到她連續喊了「救命」，遂趕緊走到她的房門前，猶豫著要不要叫醒她。後來決定在小窗外，明白告訴她，「妳在做夢呢。」

他在門外輕輕喚了幾聲媽媽媽媽。母親緩緩地，被小赭叫醒，延遲著，終於含糊地回應了：「啊，我在做夢啊。」

小赭一開始以為，是不是睡眠頻率差不多要從深睡期進入到淺睡期的母親，被失眠的自己吵醒，所以呼喚他，跟他說話。也許是指使自己，做些什麼她睡前忘記，睡夢中間突然想起來，而必須立即去做的事情；也許是責怪小赭，又弄出了什麼動靜。

他快速地從椅子上起身，走往母親的房門口，隔著那一扇木框小窗，人聲很快消失。所以他站在那裡等待，仔細傾聽洩漏出來的，是什麼樣的內容。然而，窗內傳送出來的，是濃厚的鼾聲，鼻鼾突然中止，然後，就像是一頭野生的動物，突然發出了粗野的嘆息或吼叫。

彷彿恐怖谷理論的效應，他記起從前在一部驚悚類型影集裡，看過的一幕。一個有著人形外表的西方女子，卻做出人類無法安然處之的動作。絕對扭曲詭異的肢體，朝著螢幕前的觀影者跑過來。

劇情不甚恐怖，但西方女子的模樣，著實讓小豬嚇壞。因為她的那張臉，長得實在與相本照片裡，小豬曾看過的，少婦時期的母親，莫名十分神似。因著這樣的相似性，才讓小豬真正地感到被包含在那樣的恐怖之中。

母親睡眠時所發出的聲音，也被聽見的小豬貼上了標籤。小豬覺得，那就是他與母親的「同時」;是文句裡的「Meanwhile」。

白日，他傾聽著母親訴說一些尚且記得的夢境內容。好多是一些動物，如何以一種變了形的方式，從門下的縫隙，侵入了她的房間，突然攻擊撕咬她的惡夢。

母親訴說，所以小豬同時記得了她的夢，以及那些失去了人間邏輯的呻吟囈語，也在他的記憶裡同時存在著。

當小豬因無眠而在場，睡夢中的母親使他得知的，成文或不成文的修辭語彙，都是這些受苦的狀態。

宛如母親透過了一種內建裝置的型態，或一種自動書寫的形式，反面且負面地，傳達了她自身的不安、焦慮與躁動。宛如在影像裡，那些逆向著，一幕幕被接合的畫面。以幻解幻。

母親醒來後，還沒有啟動遺忘之前，能說給他聽的夢境語言，留下了難以彌合的縫隙般，對照出，也比較出了，在那些重複而滑順的日常裡，看似冷靜自持的她，的某種違和感。如同一種蹺蹺平衡木板，兩方輕重之間的失衡。

因而其囈語，就像是她個人的一部疼痛史。

小豬卻想以此理解：母親在生活裡寬忍的，是否真的太多太多了？

小豬聽見母親夢囈的夜晚，他就會在隔天白日對母親說明：「妳昨夜其實又做了惡夢。」或許是，希望她在潛意識裡也能銘刻著，她自己或許正在做夢這件事。無論是前後記憶的連線，抑或突然的斷片，總希望她不要有懼怕。那只是一種等待快速回放的產物。能夠醒來，就會好了。沒有等待小豬去喚醒，母親說她有時候也會，突然意識到自己發出的聲音而自動驚醒，難熬的度過一段時間，才又不知不覺的重新睡去。

因意識流走到這裡，小豬想起了這樣的訊息。就像他一開始坐在這裡，想問的問題：對於夢囈的形式，所使用的詞彙頻率，那些數學的統整，不知能否也表現了自己的現實日常？

小豬同時想起了自己正在經歷的這些，虛中有實，實中有虛的生活；以及利用起人們的惰性，缺乏對真實性再次確認的多餘心力，那些真真假假參雜一起的對話。小豬覺得，這就是一種很親近現代生活的戰鬥。

這也使得小豬想起，總有人會因為一時想得太淺，或希望人們偏愛自己，而以莫名的方式傷害別人。那樣的表現形式，很像是，已成貶詞，已具貶意的內容農場，及其產出的農場文。

這種社群時代下的經營，以網路流量為自身牟利。拿掉了作者姓名、原來出處，忽視原創的抄襲、杜撰、剽竊、盜用、湊數、拼貼，控制。以聳動下標的方式讓人們點擊，大量生產與內容關聯度低的劣質文章，再依賴因偶然上網搜尋，被標題吸引而來的人們，不知幾手的轉發。是那樣無有努力勞動、無有像樣種植、無有實在收穫的某種象徵。

然而，小豬也知道，對深刻而沉重的個人問題所聯繫成的公共問題，感到厭倦，或隨意評判。倘若人們最終需要的只是這些，那麼，那些鼓起勇氣訴說的人，也只能毫無辦法地，迷失在種種吐出與構成交錯，更形複雜的敘事線裡。

小豬自己在現實裡也總是，同母親一樣，夢囈般，重複的訴說、反覆的敘述，將自己所學過的，極其有限的詞彙，轉變成一種內在邏輯之謎。用以祭奠看來毫髮無傷卻死去的自己。

不過，話雖如此，無論小赭多麼努力地在腦海裡萃取，卻總力有未逮。他發覺，其實沒有一句說話，能夠真正迴盪自己。他也不想將一切總上升或下降到夢的層次。

說到這裡，他有點疲累了。如果一字一句寫下，梳理成文章，他會想感恩，有人的耐心能看到這裡。同時，他也覺得應該留下一點空白，讓人得以有節奏的呼吸。

而這種長度的文字內容，小赭也知道，對方在尚未讀完的那刻，通常已經準備，從頭到尾完全忘記。

敵你色彩斑斕的敵

海貝原來也想不到，有一天會在Z所編造的情節裡，因為自己的沉默，成了一個反面的角色。也想不到許多年過去，自己的沉默「還在」Z的故事裡。最後那些暗示的線索，對照了她所經歷的現實，演變成只有當事人才能察覺到的，刻意的指向、隱藏的恨意。

於公於私，溫軟慰藉的語言，從來不是海貝的擅場。她覺得自己更適合維持一種客氣的距離。然而，那時的Z，總在完全無關的工作話題裡，突然插入私事告白，對海貝而言，那更傾向一種機械般的運作、系統化的生產。可是話語中心又有了搖搖晃晃的什麼。目的不是因為太過可疑，而是太過明確。

海貝在兩人傾聽與訴說的記憶裡，總是產生某種感覺：倘若Z對每一個新認識的人，重複地緊握住一些自憐或自傲的話題，在上面打轉，最終留下來的會是什麼？Z能反身勾勒出自己的話語裡，那些過於誇大的成分嗎？同時區分出別人的回應有幾分真實？會不會跟海貝一樣，最終只剩下當時邊走路邊說話，某種路途上的恍惚感？

多次之後，海貝發現，Z其實只是想將話題繞回自己身上，需要被他人當成注視的中心，因此無法忍受有一個人，竟然不專心凝視著她。海貝自己也不喜歡被人忽略。她尊重一個人訴說的模式，也希望他人尊重她回應的模式。而非將不知如何是好的沉默，當作她從來不願意給出效果。甚至回過頭來節外生枝。在對另一個不相關的朋友，形容起海貝時，將話語的枝節，重新岔出了海貝自己都沒有想過的那種罪惡：古典定義的，但由Z翻新的罪惡。

只是將這樣一個人的沉默，簡單翻譯成一個人的醜陋。真的太簡單。

她雖然自覺不是那種人善被人欺的大好人，但她也不願意個人的缺陷性格，被別人隨便拿來作文章。海貝後來覺得，那比較像是，Z需要故事的邊角發揮預期的作用，所以，也一併需要一個用來承擔故事的角色。而Z在那個時間點上，選擇了海貝。

海貝同時在想，一旦原本遮掩著的，那些厚實無波的表面，卻被另一種不願更加親近的堅硬應對所揭開，宛如那表面突然被扔擲了小石子。也許那人很難不因那些被拒絕的受挫感，而對她增生了情緒，又波動成了情緒上的威脅。

而記憶的累積，不就是基於另一種，對弱小事物的每日殺戮嗎？夠強大、夠深刻的，才能在腦海裡留下來。無論那是專屬於個人的，抑或，是由於那樣的物質，在時空裡的巨大占據，因此，所產生的那些記憶，時常看來像是自己與他人一起共有了，但實際上是各自記下，還是得分開處理。

但這畢竟是個所有物料，都平行延伸的小宇宙，當大部分的人，都用同一種方式面向世界的話，不免也會留下那種連結在一起的痕跡。

當海貝有了一些她覺得不應該發生，卻一併承受了他人災禍的經驗之後，常常在想：如果不是在班級上課或公司上班，那樣日復一日，被迫緊密地待在同一個空間，被迫成為一小段時間的共同體，禍福相依。然後，親歷這些，將所見聞、所感知的，一點一滴，累積起來，大概也同其他人一樣，不會有足夠的時間觀察到，一些事物本身隱隱約約掩蓋的面向；抑或，獨獨刻意展示出來的面向，如何成為一種表演的方式。

那些他人不小心透露的平日話語，與此同時，自己又不小心知道的他人想法之間，如何能有更多義的解讀；又是如何互相競爭，彼此反對。除非為了一份必須公開的事實敘述，否則海貝什麼也不想對外提起。

當所有人都只能用一種方法解決，向同一個人道歉或道謝，不管哪樣，都是一件奇怪的事。

然而，這樣奇怪的事，尤其是對身邊之人的詮釋，我們卻很少遵循方法論上的指引。

直到有天，海貝走在路上，一份靈感降下，恍然大悟：啊，這一切會發生，是不是因為Z……，其實無法面對她自己真正的敵人？

每當如此，Z只能在日常生活裡，尋找一個替代品，謂之假想敵，進而投注那些因自己的過度想像，所帶來的負面情感。

海貝想起，《挪威的森林》裡，小說家所描繪的玲子姊，不就是被一個青春少女，以語言與表演上的高級技藝，最終因自己不知該從何說起，也不覺得會被世人相信的情狀，使得她與日常之間，好不容易連結上的繩索，只能這樣被絞斷。那樣的肇因，成了玲子姊的平白之冤，也加深了她原來就存在的精神困境。

正是因為這世界諉過與包庇的性質，讓小說裡那優秀又美麗，因此相加乘地，被他人目光同時塑造出善良德性的女孩，有機會膨脹說出的話語，毫無節制的放大。如同呼出自己氣息以填充的橡膠氣球。

女孩似乎沉溺在一種受害者的角色扮演，把自己過度意識的一切，都變成企圖加害於她的東西。因為這樣將人等級化、階序化的世界；也因為那女孩，還沒長出完整的感知系統，所以阻斷了她對他人痛楚的感知。她可以毫無任何阻力地追求想要的東西，被拒絕之後，就乾脆毫不費力地摧毀，卻依然相信是自己受害了。

看得見的存在，以及尚且還看不見的存在，原來就是相輔相成地形成一個人。

但海貝一直覺得，沒有機會去澄清那些對自己的誤解。沒有機會是多麼不公平。因為另一個人，而不能說自己想說的話，那本質就接近囚禁。然而，會不會到頭來，一個人的窮追不捨，那些自覺勇敢的指認，也可能轉變風向，變成對急於解釋，提出另一種版本細節之人的指責，牽連成不必要的聯想？

那些傳遞錯誤訊息與虛假情感的每一種媒介，那宣之以口的每一個人與人造之物，最終其實都是，面對這個由虛假偽裝所維持的不完整社會，與之共生共存的共犯。根本不知源頭，卻過度引述。都不知道人的心有多狠。多麼暴力。

或許Z與小說裡的女孩並不相同。然而，對照著Z曾經對海貝說過的故事，一切都如此應驗了：曾在Z身邊，不再如她意的，都被她當成了人生的諸多加害者，然後轉述給他人聽。

其後，辭掉公司工作，刪除臉書好友，在現實生活與網路世界都逐漸遠離Z的海貝，或許依此，自然被挑中，放在Z的敘事裡，成為了Z身邊「最新」施以傷害的那一個。

海貝猜想，對Z來說，那裡大抵有一種足以全控的，對人生與關係的想像。

結果，那變成了一種人與人之間的「遙望」——遙望著對方受傷害，遙望著對方陷入泥沼。

由你所生的記憶與我所生的記憶，以及聆聽著那些記憶，只選擇相信其中一方的那些人，也遙望著彼此。永遠不再試圖接近。永遠無法互相理解。

海貝因此回想起，那些曾以為已經熟悉的身邊之人，在某一天就默默厭惡起她來的過程。

有那麼一日，已畢業的同窗邀集了一場聚會，其中同學V提議去逛百貨公司。許久未見的三人，站在長長電扶梯往上。海貝夾在了兩人中間，聽著她們興致極高地說著：誰誰誰現在怎麼了。誰誰誰去了哪裡。那些述說的私人細節，大多與海貝無關。插不上話的她開始沉浸在自己的世界。

也因為同樣躲雨的情境，海貝不經意脫口昨夜所讀，一散文家的句子，喃喃：「誰已經出書，誰已經出家，誰已經生了，誰已經死了。」

站在海貝前方的V，突然轉過頭來，用一種無法理解的眼神看向她。海貝趕緊解釋，自己並不是在這條談話軌道裡，但她可能在某個地方讓人覺得失誤了，所以立刻致歉。

V的表情暗了下來，說：「有的時候，我真的覺得妳很恐怖。」

那一刻，V那表情，看來像是海貝生來，就是為了選擇恐怖別人。

也許「沉重而掃興」，後來就是V對海貝性情的歸納。那次之後，她與V沒有再見過。或許「有的時候」，海貝的恐怖，已經在V的印象中，以「大多時候」重新覆蓋。

而類似的話，海貝高中時就聽過了。那時她站在遠遠的距離，喜歡一個管樂隊的學姊。不是出於愛情關係，只是接近對那份帥氣技藝的崇拜。

交際甚廣的同班同學Q，正好認識學姊，對海貝提出給學姊寫張紙條的建議，她能轉交。海貝其實怕生，也不知道該不該做這件事。但與學姊說話的慾望，或許在那時壓過了一切膽怯。

海貝在紙條上寫了一些為學姊支援，加油打氣的話，還折了當時流行用來祝福的一隻紙鶴夾送。幾天過後，從Q那裡轉告回來的訊息。不是那種支支吾吾，不好說明的口氣，而是一貫的不大在意。

Q笑著，直率地告訴海貝：「學姊說，這樣好像有點恐怖呢。」

此後，海貝變得很難對誰直接表達好感。源於如此，當她努力過了，如果被錯誤的理解，她覺得那大概是方向錯誤的努力。成年過後，出了社會的交流模式，則開始變得越來越相似：首先利用一貫漠然的社交表情，然後，經過長期的觀察與學習。在人際關係上，她只能通過仿冒對方的樣式，再盡量以類似的模式，加以返還。宛如一台複印用的機械，複印著對方的語言與習慣。

這也曾經使她，在心裡嘲笑自己——好像牆上貼著的那張人類進化表。而自己卻是那，以為終於要挺起脊梁，站起來，像個直立行走的人類，的前一個階段。

她在社群裡的生活，總是這樣屬於她的人類前史。是從類猿人開始進化的階段。

後來，這些面對面談話，看著對方表情的方式，沒有那麼多機會可以進行。人們選擇透過不同平台，透過即時通訊，傳遞文字或影音的訊息。

直到目擊這些訊息，被認為是一份完全實心的東西，而像失控的鎖鏈，從網路的臉面，甩打到了一個人真實的臉上。海貝自然而然地學會了，如何辨識談話中的對方，之於某些事情無有興趣時的敷衍回應：哈哈。嗯嗯。是喔。一個大拇哥向上的藍色符號。或者，那些以繪圖漫畫，包裹著擬人化情緒反應的貼圖。一張貼圖將千言萬語道盡。她也同樣如此。當她再也沒有話可以說的那時候。

畢竟這是一個讓所有故事都能迷失視點的地方。這裡是一條無盡的直線，卻更顯複雜的迷宮。

因此，當海貝發現自己，在Z版本的文字故事裡，被當成一份，還被歸類在新鮮範圍，卻被降價以售的即期品，以折扣的方式出賣。那麼，海貝也不想安守在一份自我規約的倫理裡，就將這些出賣，當成是同樣廉價的，一種關於呈現了人類自身虛像的內容。況且，文字不是透明窗戶。文字也不是謊言的完全屏障。所以一張哈哈貼圖，或許是現在最好的回應。

雖然她真不是一個能假裝一切和諧的人，或用網絡語言以「河蟹」替代，不能好好表演出心情平淡，試圖走往一個比較冷的笑話。她也知道自己，永遠不可能再次接觸那樣安心於暗箭傷人的人。把其他人當成工具，其他人毫不知情。

而每日的記憶就是一種每日的殺戮。謊言也不是人生中絕對不可以的產物。那些尖酸的線上話語，最後導致的結果與方向，只是尖酸，而不是對個人處境的一點在意。

若海貝有傷心，只是那種針似的，不停迅速被他人針刺的痛，每一次都是微小的，卻被以為都是不痛的。

海貝現在試著這樣想：當她承認她倆真的在彼此傷害，她的糾結便也有了她的表達，即便那將會是殘忍、憤恨、帶有種種混亂的情緒表達。不會再呈現出任何柔軟的質地，只會更加堅硬起來。

海貝知道這樣的誠實以對，也將會成為只屬於自己的純真。

她只希望有一天，Z能面對自己生命裡真正的敵人，而不是找尋另一個敵人的外殼軀體。但在那之前，她覺得自己被恨了，也沒辦法。

詩意用盡的身體

莫蘭迪在三個小時之後，有個文學作家的訪談工作。從研究所中輟，找了一份編輯專職，身體出了一點毛病，在大疫前夕恰好離了職，初初轉換為承接各種文字案子的兼職工作者。

他尚且還在被動地累積足夠的經歷，依賴著過去的人際關係，一件一件，散落地完成。風格平穩但不算太過獨特，因此還無法聚焦成具體而突出的力量，延伸到較陌生的領域去。

他目前的工作型態，就是依循著這疫情之年的變化而變化。座談側記、會議紀錄，這些原本需要到現場聆聽參與的工作，有一陣子似乎都直接交代給公司內部的人員處理，較少向外委託。面對面的那種人物採訪，則幾乎不被需要，改成了通信問答或電話訪問，訪談者再依委託的形式，重新整理成一份邀稿字數之內的文字檔案。

雖有不同的文學雜誌、出版公司、線上媒體，或因承接一些政府標案，或試圖展開其他合作方向，不時會多出一些必須在期限之內消耗的需求。但寫手原就比想像中更多，機會本就僧多粥少。要被決策者列入人選名單，也需要有先前流程的順利，附加的愉快經驗，做為印象的基石。況且，這些雙方約定碰頭的工作地點，總發生在都會市中心，而辭去正職的莫蘭迪，住得離台北更遠了。事前事後，若在一種急迫相加乘的情況下，更難以成為優先，甚至也不怎麼會被列入考量。

因此，在微乎極微的機會下，莫蘭迪還無法記錄下每個單位不同的入帳時間，當他遇到稿費遲遲沒有進來，但幾天後，有一筆固定需要繳交的較大筆費用，身上的提款卡片只剩零頭的狀況，就會更顯焦躁不安。不可能每日上銀行刷存款簿子，只能每日打開電郵信箱，看看是否有封「入帳通知」的來信。

他總是想，如果每筆稿費，在交稿完成，對方確認無誤的那一周內，就能匯存進來，那就太好了。可惜這一直都不能成為這個業界的規則。

也因為如此，莫蘭迪就只能宅在家裡，對自己生氣。可是說到底，如果一份身體，終究只能一直被留在某個，它其實不甚願意的空間裡，那麼，時常需要在心情上做處理的，不免就會是一種「自投羅網」的感受。

唯一的代步機車有次出門撞壞了，因為過於老舊，修繕成本太高，每月分配好的收支也暫時無法提出多餘的錢，種種計算後，目前還是堪不得，只好先原樣放置。

所以，每次因工作的緣故出遠門，他只能搭乘大眾交通工具。其中最壞、最不便的一點，就是不能精準地掌控所有的時間間距。有時因路程較複雜，必須轉變其他種乘車方式，常常又沒有可以完美接續，不算太過浪費時間的車次。每一段旅程，都充滿變數。

莫蘭迪不想遲到。這是他的原則之一。遲到對他來說，包含著更多情感上的負擔。好像一開始在某一方面就虧欠了別人。有種雙方關係的往下拖延，讓見面聚會的始末，失卻了一些乾淨俐落的感覺。何況，有些人在會面之前，原本就是陌生人，而會面之後依然是。他寧願早到，即使早個一兩小時，就算覺得無聊，不知道如何打發，也沒有什麼地方想要去，但就寧願在時間上虧欠自己。

疫情緩和下來，終於來了工作後，他選擇搭乘長途客運。下車處，就是可以立即轉乘捷運，旁邊還有百貨公司的轉運大樓。幾個男女穿著制服，在百貨公司門口發放著試用品。身心障礙者與協助者，喊著相同話術在捷運站門口賣手工餅乾。

莫蘭迪走到固定的商家攤位，用悠遊卡付款，買了塑膠盒裝生魚片壽司，那種在大車站出入口都有的迴轉壽司專賣店，只是不迴轉。耳根子軟的他，被店員推薦比一般味噌湯貴了三十元的新品花蛤味噌湯。四、五個醬料包隨手塞進一邊，免洗筷則插進另一邊長褲口袋裡。

他一手提著網袋，一手拿著塑膠盒，到地下街提供的公共用餐區。已經是午後了，但好不容易才能在過多的城市人潮裡，找到一個位置，坐了下來。

前陣子的疫情，在這裡好像一場夢境。那樣的，每天刷著疫情訊息的時候，好像已經過去了。境內確診的數字，在這個地方暫時停滯，於是，人們開始忘記，每一個空間都可以是一個死亡空間。因為有幸生於此地，所以停擺的日常生活可以重新開啟。

他取下乘車時一直戴在臉上的口罩，留意著不要觸碰到口罩的外邊，小心摺疊，收進能放置一枚「使用中」口罩的口罩夾裡。若是感覺碰到了一些什麼，桌面或食器之類，他就會再去洗手，用口袋裡的手帕將濕手擦乾。他留意著自己會觸碰到的任何東西。

四周都是透明的隔板，將他好好的圍起來。這些在大疫情時代，初初開始而想到的辦法。因為預防用餐的人們，在拉下口罩時口沫飛濺、傳播病菌，而建成的，只能專屬於一個人的人工堡壘。讓這些可能危害他人的物質，就保留在那一個人的空間。離開座位前，誰也接觸不到誰。傳不過去也傳不過來。看起來就是一種你不傷害我，我也不傷害你，互相守護的想像。即使它建立的前提，就是我們終會彼此傷害。

莫蘭迪待在這裡面，有時會停下來，看看周圍一樣低下頭，待在另一個隔板裡的人。他常常會覺得很迷惘，像這個世界一起豎立了一座由透明隔板建造的迷宮，這種新型態的隔絕迷宮，全世界的人一起走著，也都擠塞著，卡在某個過不去的地方。

然而，任憑誰來也阻隔不了時光。彷彿大家都走到了一樣的地方，只能做著差不多的事，擁有差不了多少的情感。

他卻有種莫名的熟悉感，似乎長年在周身，帶著這樣的隔板在行走。隔板就是他的日常介面。狹隘且困住了。

在大家看來都一樣的事裡，他還是覺得不一樣。他感受到寂寞，就一直一直感受著，無法停歇。他也想著，他將永遠搞不清楚這樣的自己吧。永遠待在以為安全無礙的透明隔板裡，是正在抵抗一種可能傳播過來的流行病，還是自己更早之前就病得透澈；是在抵抗某種混沌，還是早已被混沌給完全捉住了？

他所關注的，終究會是這個時代裡的那些死物、遺物、棄物、廢物，還是聖物？

他吃著食物，放空自己，餐後立刻戴上口罩，發著懞。只是在那些時間空白處，情感的匱缺處，有時候會長出其他的記憶。

那也常常發生在他做完工作之後，或坐在書桌前，聽著採訪事後的錄音檔時。

在那些問答之間，他聽打著逐字稿。他聽見自己粗糙不帶質感的聲音。聲音彷彿落在安全社交距離十五公尺之外。他想跳過自己的聲音，但用滑鼠操作鼠標箭頭，怎麼在電腦的播放程式上往後拉，不是過頭，就是不到，有時因此聽見自己說著同一段話，重複多遍。於是放棄。

莫蘭迪覺得，自己或許在這段過程中已經睡著，只是身體機能仍然機械性的正常運轉。聽起來好像一個仿效人類說話方式，盡量正確使用腦中學習過的詞彙的機器人。又好像身體被這樣的空間所限。宛如裡頭空虛無人的灰色建棟，而器官只是器官的秩序羅列。

他覺得自己正跌出現在的身體。不斷地跌出去。「啊也許我真的是個拼裝的賽博格吧。」他想。他從某種模具裡面，被生產製作出來。是比較真實也比較醜陋的那一種機型。

彷如同類之一，愛德華雙手咖咖咖的長出剪刀。薇若娜瑞德旁白：「他臉上的傷痕，是他每一次嘗試觸摸自己的結果。」

然後，莫蘭迪會在聽著錄音檔的中途，突然停下來，盯著房間天花板角落的蜘蛛網，以及在天花板中間正在凝結的雨後水珠。等著水珠落到床鋪上用來盛接的水盆裡。

之前的戀人K說他，不知道在想些什麼，表情看不出端倪，像是沒有感情一樣。他覺得K錯看了自己。K看的總是他的背面。

其實他只是使用最素樸的邏輯：就只是實實在在地把每一句話都當真。

如果生活裡發生的一切，都不過是種重臨的形式。比起表現，他擁有更善於模仿的性格。有人對他嚴苛，他就嚴苛；有人對他殘酷，他就殘酷；有人溫柔，他就以同樣的溫柔對待他人。一報回來，就還上一報。

就像一邊是生命層疊，一邊是經驗書寫，命運的鏡子則放在正中間，而那反射的介面生出什麼樣子？功能就只是反射嗎？

鏡子現在放到了兩人中間，他知道K只是想與他在生活上有相似的理解。但他總覺得這是不大實用的概念。

某天夜裡，大約十點多，他與K一起看著電視台播放的電影。莫蘭迪聽見門外道路傳來一種持續延展，又有所間隔的咻咻聲。是在他的經驗裡沒有聽過的響聲。他告訴專注看著電視的戀人，讓他一起側耳傾聽。

「是風聲吧。」K說。然後把目光從門上轉回螢幕上。但他卻覺得，不只是風聲。的確有風聲，間間雜雜的樹葉擺動。風吹著鐵門的震盪。但有另一種規律的運行。那音色、頻率、節奏的組成裡，有某種金屬或機械組裝的感覺。

他走去鐵門那裡，從七、八公分的中間洞口，喬著角度，以眼睛當成世界的支點，左右探看。

一時之間什麼也沒有。沒有行人。沒有車輛。真的只有風在吹著，讓一些器物發出聲響。然後，他繼續等著，不久聲音出現，他看見一台車身約成人手臂長的大型遙控汽車，快速地在他們門前的道路上，由左往右的直行，之後順暢地轉了個彎，又往左邊過去。就在那裡用同樣的方式，來來回回地在道路上奔馳著。

他明白了那個聲音的正體。但他沒有叫喚戀人一同來看。他沉默地回到座位上。

莫蘭迪在日復一日的生活裡，在一些毫無關係的情境裡，總會像這樣突然穿插進一些過往的記憶。好像他只是借出了外在形體，其實被嵌進了前人的記憶。那麼「他」到底是屬於那個肉身，還是那份記憶？

如此活著，就像是一個人的每個部位，各自擁有不同足以正常活動的時間，卻硬是被安插進了同一個身體空間裡。

或如同毫無技術地，操縱起原就參差不齊的木偶線，相加乘之下，那樣身體與意志之間的時差，不免使一切更加失了準頭。遂表現的，更像是一種身心之間的澈底失調。

一個人的整合感，總是由身體這容器盛裝起來。他想要一種安全。想要平靜的修正。卻不明白，在這個時代，人們認為可以安安心心取代與被取代的，究竟是什麼？

那天晚上，他聽著外面那疾行又突然急煞的聲音，總緊張著，那些不知道路上狀況騎行過來的機車，會不會因此遭遇危險？作為普通人類，我們有可能拯救任何物件嗎？

以前他希望有一份更巨大的不幸，攫住自己，讓他與這個世界如同命運與共，以掩蓋一些眼前的東西。

原來他以為自己只是不再有多餘的力氣，描繪那些很美、很詩意的東西；現在他知道了，自己其實已經看不見，曾經那些很美、很詩意的東西。

那天晚上的莫蘭迪，突然希望，那台遙控汽車的電力就此耗盡，不再能被遙控。或者一動也不動地停在馬路上，被行駛過來的汽車完全壓扁，就像他一樣，永遠無法被維修。

（附錄）
緣分不足的故事

一、看見

文學或許是，對生活仍有依戀的人，卻沒有其他人類感情進來其生命時的，一種填補。雖然亦是一種脆弱性的揭露。

可見事物的呈現，往往依賴那些被建構成不可見的，相對的事物。有些東西可能就是得透過遮蔽一部份的方式，才能顯現真正的意義。

想看見，想被看見，那是燈光或者陽光照在個人處境上，有了陰影與環境的配合，願意去看的人，才足以跟上一種解讀的頻率。我們才可能接收到別人為我們留下的信息。

一期一會確實很美，然而如此，或許亦僅僅是一個事關此刻的凝視與創造。

有一些語言在那裡完成，有一些語言在那裡消失，兩者遭逢之後，就是一個文學的遇合、想像的空間。是一份自我的傾訴。透過這種不斷變動的敘事，隨時都會消逝的表象，就是在那一瞬間的停格，眼睛去觀看，肉身去感受，創化出來的意念。

可是誰也無法預料那份偶然與巧合，會不會如你所願的被看見，敘事或命運就此跟著被轉變？

彷彿是一種創作視線的運作：這世界千千萬萬種的其中一種，關於我、我和世界、我和他人的關係。這可能是靠近的過程，也可能帶來遠離的結果。宛如我的文字裡，發生過的，產生的，亦是在幾年時間裡，或在寫作的那一刻，振幅之間的故事。幾秒後就失去了作用；正確解讀的頻率，可能也就在那幾秒內。

涉及的出發點大抵都是引號：「對我而言。」

而我從來不會知道，這些偶然帶來的文字，什麼時候會是伸展，什麼時候會是毀滅。

要怎麼恢復感官，抑或，移開那些被屏障的東西，去體驗某種真實？在給定的框框裡，我們怎麼看見或感受刺激？怎麼去看那些最無情的，去發現那些以為消失得無影無蹤的東西？當寫作的意義不停變動，許多事情可能是瞬間，或瞬間就成永恆；可能是一次性的，或是在當下無法回應的東西。

對我而言，寫作是書寫者自我認識的方式之一。無論如何，我們都清楚，所有過去了的一切，終究無法復返。從看見缺口與傷口開始，其實一直被生命提醒：即使在最誠實的自我檢視裡，也不可能清理得最明白，更知道。

人類擁有許多經驗，一個人卻不一定能擁有某種視角，去觀看這個世界。只能花上更多時間做智力上的測驗，與情感上的冒險。

我沒有辦法時時刻刻寫作，也沒有那樣的資源和環境。我明白自己非常依賴否定性邏輯，來面對這個世界。要的或許依然模糊，但不要的，卻很清楚。

我知道我的迴圈是什麼，我的剛強是什麼，處境如何，也承擔著那些後果。得強化什麼，弱化什麼。有些尖刺若在身體後方抵著，那麼就覺得自己不要倒下來。然而，我又是這樣一個時常軟弱，活得矛盾的人。遂只得在嚴肅之中抱持著遊戲性。

如同我們看世界的方式不一定是直線；去哀悼一個已經失去的東西，甚至對生命或生活的哀悼，也不一定是直線變好。多半的狀況是，時好時壞。我原來感受到的比較是，悲傷於命運的重蹈覆轍。

當我覺得命中注定的東西在生活裡流轉，只能日日夜夜沉默以對，企圖解釋什麼，那是對自己的破壞。而書寫大概是我唯一能改變這些軌跡的行為。雖然它也指向那種不可表達，不可理解的東西。

但我們能從別人的作品發現，自己可以承受傷痛的範圍與尺度，比我們想的還巨大，也更微小。所以，文學或寫作，也像是提供給自己的，一張不完全的處方簽。

二、暴力

我應該成為怎樣的「我」？我現在是什麼樣子？這一切都是動態的發展，是內在與外在境遇相互影響，然後，只能被判斷成「那樣」的東西。個體自身的內在矛盾與掙扎，及其外在的衝突、對立和遭遇，包括和各種他者之間的關係，是多樣化差異線索的交錯。

倘若有人告訴你，認識世界的方法，僅有一種視角、一種框架，而他是正確，你是完全錯誤，我還是覺得不要過於相信，身心會比較舒服。有的人企圖使你沉默，便可以讓自己的暴力，變得正當。

文字讓原來沉默的，至少發出了聲音。如此便重訪了創傷的經驗，重訪蛛網般暴力交錯的世界。不幸的是，雖然這也會帶來重複的麻木。

無論那從內部來的，從外部來的，是什麼觸動了你。所有東西不一定如你預期，但它會是一種轉化或消化的成果。是你的心的舞台。同時也讓人意識：世間萬物，本就在練習彼此翻譯。因此，也可能有人堅持且強硬的超譯你，將你歸於一類，卻不准你對這些權威的視角提出抗議。

抑或，即使你把心全都挖起來放在那裡（文字）了，經過那麼長的時間在展示自己內心的活動了，還是有人比較想要看見你真實房間的擺設來認識你。

所以我亦學會接受，做為一個人，原來就有無法回應或提起的問題，沒有辦法給出一個簡單清爽的答案，得一個人面對難過。

而處理文學相關的工作，就是不斷詮釋的工作，這樣的詮釋不是你對我錯的唧咬繞圈，也不是說完全信託；而是選擇站在什麼視角，既追逐意義，也不斷保留移位的各種可能。

如同目擊一個錯位的敘事，加入到一個新的故事裡，如果這個故事沒有重新被訴說，這個版本可能就此定型。這些私人的目擊、時代的目擊，明暗之間，你也有想保留、傳達與反抗的。他人也可能對你留下負面情感，如忌妒與怨憎，覺得被你傷害。

然而，回到比較個人的說法，我可以喜歡文字或創作裡的模稜兩可。但若他人以謊言指涉真實，用模稜兩可的方式，就不喜歡。

面對一份虛假的證詞，我會想去還原那些被刪除的東西。我不想把我的敘事交給其他人。當我想抵抗，就只能透過文學去抵抗。對不能和解的地方，一一去計較。

既然我的敘事不想交給任何人，只能把恐懼或恨意昇華成別的東西。重要的依然是：如何反過來看我自己。

我對我書寫的核心，雖後知後覺，卻始終存在不會動搖的——那就是對暴力的敏感：文字的、語言的、行動的。

寫作上，用文字互相舉刀，也是常有的事。惡的擴散，將永遠改變我與他人的關係。我後來知道，對當下的許多事，自己總是沒有辦法做出立刻的回應，對於支配性的語言，老是在當下配合，時間過後或重複發生之後，才會察覺到自己的不願意。

我的生活、我的生命，或許就是不斷地，學習應對不願意的敘事與不同意的版本，以及那些緣分不足的我的故事。

這也是我生命裡真正會相遇、老碰頭的內在暴力。

察覺到暴力的痛苦，總是習慣被擺在快樂的對立面——當痛苦從生活裡面來，從固定的幾個人來。

有時也會覺得那也沒有辦法，世界就是有它想要給你，與不想給你的東西：難以快樂的其中一種緣由，或許是因為我最想要的那些，就是世界不想要給我的東西。

所以，有時創作的過程，也許注定會是一個永遠無法走向完結的過程。有些看似斷裂的形式，卻保存了一種模糊結尾的故事。或許就這樣不要重新接續，永遠讓它摸不著頭緒，那接縫處可能因此長出自己的花。

但倘若每一份，我曾於腦海裡存在過的思索，都看似按照原樣地成真，會否終究是細節的施作，已擠迫得滿滿，從而讓想像力失去可以調整的空隙？彷彿繪出的畫作從來是完美精緻，不帶一點偶然發生或意外產生的粗劣線條，也沒有失敗的加加總總得出的另一份結果。

種種願望都能成真這件事，並不是一種「你敢慾望，我就敢魔法般實踐」的運氣。不是只畫出一種選擇的轉盤遊戲。

我不知道，但我還是覺得，大概很少人能承受萬事成真。當所有事情如你所知，終如你所願，這些累加在身上，已轉成具體有重量的東西，讓另一份想像中的願望就此心中夭折，會否跟著成為壓垮自己的稻草？雖然我還是習慣在給別人的書信結尾祝願：「祝你心想事成。」

退後一步看，將自己的命運看成是奇觀，卻依然感到痛苦，是想盡辦法完全沒有辦法脫身的痛苦。若能沉浸在瘋魔或狂亂裡，就算了。退後一步出來的清明或清醒，更叫人對自己的任何念頭，都感到莫名恐怖。

所以文學的隱喻與表述，可以試圖紓解的，或許是紓解真正去施行恐怖的作為。雖然有些紓解，不知是否算是某種融合，抑或，因此融合在另一種暴力裡面。

但，我覺得書寫與實踐，或許可以讓人多保留一點倫理，多複述一次人性底線。是一種創造性的翻譯與轉化。

遂又有點像是短暫的休止：一方面消解恨意，一方面尋找趣味。找到一份解決的方法，又能不違背原先的信念。樹立界線，才有辦法抵抗更多的暴力。

三、偶然

要怎麼重新擺放這些碎片，去重建一個你的敘事？就是這個世界對你是怎麼一回事？

有時會在一些偶然中，達到一種默契的波動。一開始試著溫柔以對，世界回應你的，更多卻是情感上的不適。有時也會覺得自己想多了，但人就是仰賴如詩籤般的微小事物，連結起自己的生命。

久而久之累積起來，好的方向稱為「人生經驗」；壞的那種，只能稱作「不吉利的宿命」。無窮無盡的希望，到最後會轉變成絕望的東西。

所以，我想，在寫作上至少要有一種認定的價值，如「純潔」，或「誠實」，或「心軟」都好，可能成為支柱。為了跟這種看來具命定性，必然發生的東西對抗。

對世界溫柔以對，被回報成冷酷以對，不會想反過來實驗看看會發生什麼嗎？我是時常有這樣的對抗心。

所以，「偶然」對我而言，創造了幾種意義。其中一種是：偶然帶來的不完全是正面的，可能是我們這一生試圖迴避或繞過的東西。

當我是一個性情過於敏感的人，我就沒有辦法對周身發生的事情一一共振。無論先壓抑也好，先阻隔也好，一一共振，很快會死。

但對偶然的留意，讓我保有以偶然為靈感引導的習慣。有些謎團在誤讀中跑出來，也可能帶來一些奇異的聯想。這些偶然的觀看或閱讀，皆構造了個人的小宇宙，是意外來到眼前的生命之書；是透過一種曲折的方式，答應那些賦予我們某種想法的現實。

也因為這樣對偶然之碎屑的關注，必須經過漫長時間的想像與拼貼，我知道我無法在當下就完整表述出自己的感情，也可能會在某些時候讓自己受損。

例如沒有辦法極具系統地從腦袋裡面抽出東西，或統整地連繫某理論或書本，因為我總在模糊、朦朧中最有靈感。

我常把一些影響感情的東西真空化。我的反應調節器常常休眠，變成冷冰冰的機器。所以很怕這個時代的進展，例如以直播放送的形式，理所當然地記錄下那個沒有溫度的自己。那個說出無法修正的話語的自己。

回到文字上的創作，我想亦是因為，它可以一再重來，可以在細節上或不對勁的地方多次調整。

於是，讓我回到創作的初始，或事件的源頭，或詢問前因後果，這件事情有點像是已經用文字濃縮好的感情，再一一用語言拆開分解，重新表述情感，梳理抽象的邏輯。最後不是淪為自我宣傳，就是強硬的昇華主題。

我也不再如從前，天真渴望一份多餘的理解，能夠作用在現實裡。

閱讀與書寫是，對所有「認識」的不斷思索。而文學亦提出了索契。雖然我很難與當下相遇，很難在當下，寫出當下。如此小心翼翼，然而，此刻我以為：小說與散文在這時代，或許已多少被視為混成體。或許都是某種關於「隔」出的技藝。但其中亦依然，有承諾、有默契，有預期，有內心油生的恐懼，及其在這間距裡頭，產生的某種差異。

之於我，那宛如進入一間商店前，在門口那扇擦得晶亮的透明玻璃上，黏貼了一張可以讓人意識到的，「小心撞頭」的公告貼紙般。

如同所有寫下的故事，不可能由同一個角色承擔。或許敘事者「我」，的確更容易消除邊界，吸引共感，產生移情的共識。然而，我總希望能隔出點距離。

或許，在散文裡，總會以為「我」，是一個被指定的「我」。儘管內在性情可能複雜，話語行為可能矛盾，但在書寫上，卻能對應著一個表現大致相同的角色。能偽裝一切直述；也能預期被某種眼光，看成在樸實地直述著。類似於一個完全體。

然而要在小說中創建不同角色，就像開啟了分身，而有種提示：做為一位寫作者的「我」，是如何將屬於「我」的組成，用一種技藝敲碎，將碎片分散到各種人物性格與對話回應裡。

那些彎繞的、躲避的、隱匿的、遮蓋的；因此更能被意會到的，那些明暗的辯解，正反的思索，在無意間，或許也是露出、曝光而敞開的；即使也可能，無法如此坦誠。會否在關於書寫的某一種方向上，因而更接近我自己，更可能是我自己？

種種就如同羅蘭．巴特所說，「我要發表心靈，但不公開隱私。所以我依照兩個範疇來體驗攝影及其所屬的世界，一邊是一般影像，無精打采，不經意溜過，吵雜而無關緊要（儘管我被過度地震耳欲聾）；另一邊是我個人珍愛的相片，灼烈而受傷」。

這是他劃分所屬世界時的兩種範疇。但他也這樣說：「沒有人能夠見到自己的模樣，在寫作中我永遠不像我自己。」

因此，每一次書寫，一位持續書寫的寫作者，只能一再地創化自己的界線。而創造或許亦是種回應的方式。

如今的我，大部分時間的我，其實無法再期待虛構與現實兩方，在情感上的「正負相抵等於零」。之於我的運命，那是幾近無關的軌道；我不再執著將創傷轉譯成「好的」創傷；不再執著於詩意或隱喻，以改造傷痕；甚至因自身能力的不足，簡化、美化或戲劇化了那些難堪、艱困與崎嶇。

我亦不再選擇露出很多很多傷口。雖然總是必須將某些情感值升高到某種程度。並不是討厭這樣，然而，這樣的旅程，此刻或許暫時到了盡頭。

那些在 WORD 檔案裡寫下又隱去的文字，那些生活與夢境裡的喃喃自語，那些闔上螢幕的行動，都是種掩飾，是種拒絕。與我所經歷過的十分相似。但，永遠覆蓋卻是困難的。這些終究會來回地、回返地，重新進入我的現實，抑或，被抓取到前頭來。因它畢竟已經發生，就在那裡。

沉滯的日常往往勒住情感，大部分，它們變成了彷彿四處都是，任何地方都存在的，一種關於生命的跡象。一種無能。一種徒勞。一種極欲解釋的懸念。一種「無法不是」的條件。

雖然某些空白，同時容納了我的支離破碎，盡量撐持我的身體。繼續我的生命，繼續我的述說。

我願意的寫作，或許是從真的「看到」一些人開始的。我能做的僅是，感知與製作，不斷地練習，將看到的那些什麼，盡可能地留存下來。不斷地重寫，直到我的句子足以會意我自己。

而我猜想，所謂的人類溫柔，其中一種，足以啟動另一個人的溫柔的，不過是，首先是，不隨意論斷別人的傷口。

這樣的溫柔，又很稀罕。

文學叢書 722

限時動態裡的大象

作　　者　林妏霜
總 編 輯　初安民
責任編輯　陳健瑜
美術編輯　黃昶憲
校　　對　孫家琦　陳佳蓉　陳健瑜　林妏霜

發 行 人　張書銘
出　　版　INK 印刻文學生活雜誌出版股份有限公司
新北市中和區建一路249號8樓
電　　話　02-22281626
傳　　真　02-22281598
e-mail : ink.book@msa.hinet.net
網　　址　舒讀網http://www.inksudu.com.tw

法律顧問　巨鼎博達法律事務所
施竣中律師
總 經 銷　成陽出版股份有限公司
電　　話　03-3589000（代表號）
傳　　真　03-3556521
郵政劃撥　19785090 印刻文學生活雜誌出版股份有限公司
印　　刷　海王印刷事業股份有限公司

港澳總經銷　泛華發行代理有限公司
地　　址　香港新界將軍澳工業邨駿昌街7號2樓
電　　話　852-27982220
傳　　真　852-31813973
網　　址　www.gccd.com.hk

出版日期　2023年 12 月　初版
ISBN　978-986-387-701-1
定價　380元

國家圖書館出版品預行編目資料

限時動態裡的大象／林妏霜 著；
--初版．–新北市中和區：INK印刻文學，2023. 12
面；14.8 × 21公分. --（文學叢書；722）
ISBN 978-986-387-701-1 (平裝)

863.57　112020159